Copyright © 2023 Pandorga
All rights reserved.
Todos os direitos reservados.
Editora Pandorga
1ª Edição | Outubro de 2023

Diretora Editorial
Silvia Vasconcelos

Coordenador Editorial
Michael Sanches

Assistente Editorial
Beatriz Lopes

Capa
Lumiar Design

Projeto gráfico e Diagramação
Rafaela Villela
Livros Design

Organização
Juliana Garcia

Revisão
Michael Sanches

Dados Internacionais de Catalogação na Publicação (CIP) de acordo com ISBD

M684   Sobrenome, Nome

Mitos e lendas selecionadas / organizado por Juliana Garcia. - Cotia, SP : Pandorga, 2023.
240 p. ; 14cm x 21cm. – (Egípcios ; v.2)

Inclui índice.
ISBN: 978-65-5579-180-8

1. Mitos e lendas. 2. Egito. 3. Antigo. 4. Cultura. I. Garcia, Juliana. II. Título. III. Série.

2023-2008   CDD 398.22
                                                       CDU 398.2

Elaborado por Nome Sobrenome - CRB-9/9999
Índices para catálogo sistemático:
1. Mitos e lendas 398.22
2. Mitos e lendas 398.2

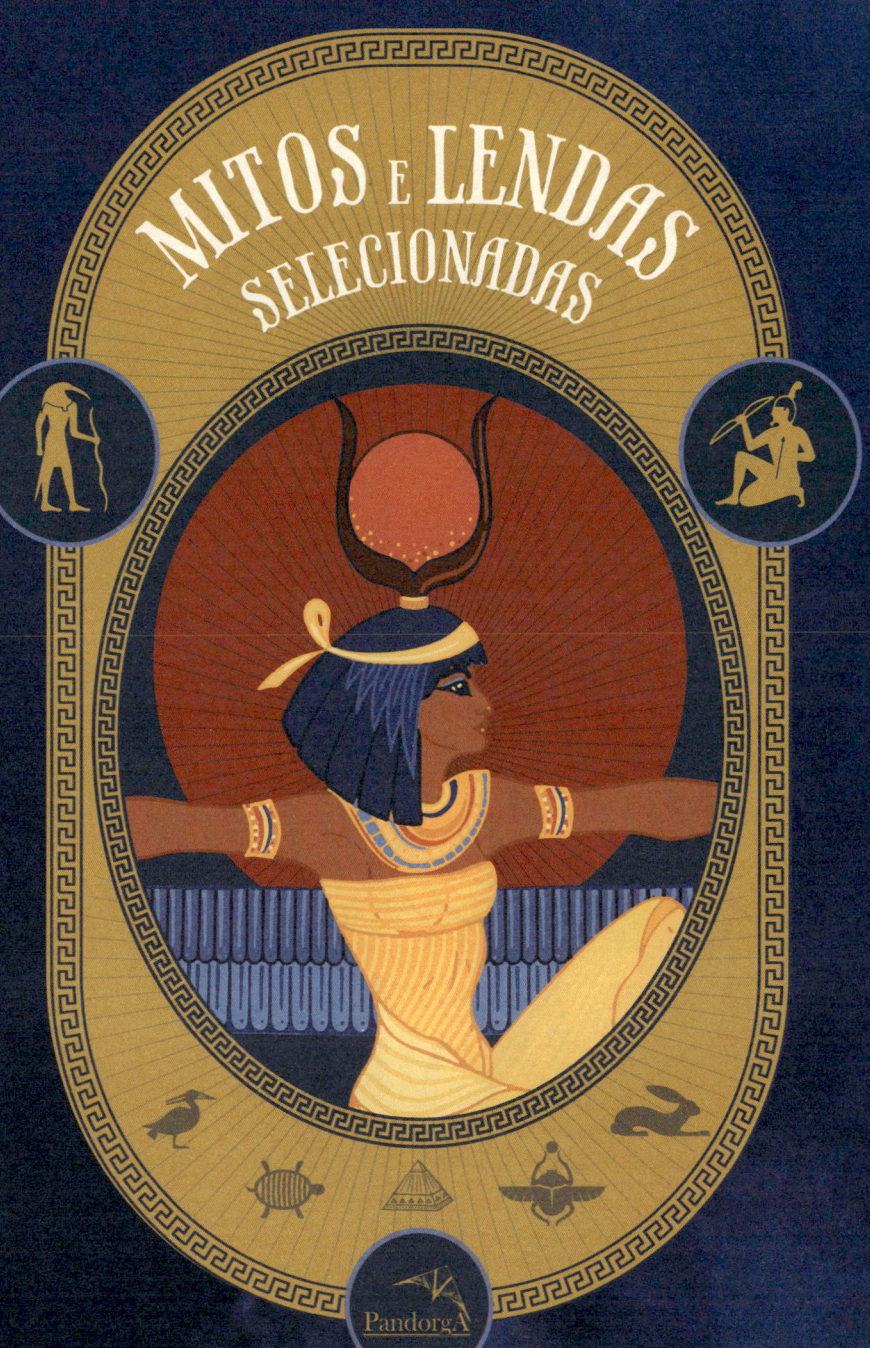

SUMÁRIO

Introdução — 9

A civilização egípcia — 11
- Periodização — 15
- Império Antigo — 17
- Primeiro Período Intermediário — 17
- Império Médio — 18
- Segundo Período Intermediário — 20
- Império Novo — 21
- Terceiro Período Intermediário e Período Ptolomaico — 23

Mitologia na vida dos antigos egípcios — 25
Ma'at – a ordem divina — 27
As partes da alma — 28
- Ka — 29
- Ba — 30
- Akh — 32
- Sheut — 33
- Ib (ab)/Hati — 33
- Ren — 35
- Khet — 35

A concepção sobre a morte — 38

Parte I
MITOS

Os mitos da criação — 42
- Hermópolis — 43
- Heliópolis — 45
- Mênfis — 48
- Tebas — 49

A lenda da (quase) destruição da Humanidade — 52
Rá decide partir — 57
O dia em que Thoth enganou o deus-lua Khonsu — 61
O reino de Shu — 62
O reino de Geb — 63
O reino de Osíris — 65
O assassinato de Osíris — 65
Hórus é concebido — 72
Set tenta roubar o corpo de Osíris — 73
Ísis e os 7 escorpiões — 76
A vingança de Hórus — 79
Variantes da vingança de Hórus — 86
- I) O nome secreto de Rá — 86
- II) O hipopótamo vermelho — 89

O fim do reinado dos deuses e os faraós — 93

Parte II
LENDAS SELECIONADAS

A lenda de Sinuhe	98
O príncipe e a esfinge	107
O egípcio mais inteligente de todos	113
O marinheiro naufragado	118
O camponês eloquente	123
A disputa entre um homem e seu Ba	147
O Livro Mágico de Thoth	155
A história de Satni-Khamoîs e seu filho, Senosíris	164
A Princesa de Bakhtan	188

Parte III
LITERATURA FUNERÁRIA

Panorama do sistema funerário egípcio antigo	195
Os Textos das Pirâmides	201
Os Textos dos Sarcófagos	225
O Livro dos Mortos	228

Epílogo 234
Referências 235

INTRODUÇÃO

Ao pensarmos em "Egito Antigo", é provável que várias imagens nos venham à cabeça, ainda que a primeira que provavelmente nos ocorra seja a das famosas pirâmides. Estamos relativamente familiarizados com esta civilização — não apenas através dos livros de história, mas também por representações e releituras artísticas, como no cinema, na música e até mesmo em jogos e livros de ficção. Hollywood, em especial, gosta muito de brincar com o imaginário dos antigos egípcios, embora inúmeras vezes o que retrate não seja historicamente preciso — o que é normal, pois a proposta principal, nesse caso, é o entretenimento —, os filmes enaltecem a beleza de sua arte, a magnitude de sua arquitetura e a riqueza de suas tradições religiosas, que são, com certeza, alguns pontos de destaque desta civilização. Se continuarmos o nosso exercício de reflexão, pensaremos também, certamente, nos faraós, nas múmias, nos sarcófagos, na enigmática Esfinge, e um leitor um pouco mais familiarizado pensará, inclusive, em alguns deuses que compunham o vasto panteão dessa civilização.

Mais dificilmente, entretanto, pensaremos na literatura, que ainda é relativamente desconhecida, exceto para aqueles que se aprofundam um pouco mais no assunto. Na verdade, a literatura egípcia era riquíssima e variada. Ela conta com textos científicos, religiosos (hinos, fórmulas, feitiços, rituais), tratados morais e educacionais, "jornais" estatais; além disso, trabalha com textos de geometria, medicina, astronomia e magia; narra viagens, possui um acervo de contos, fábulas, poemas heroicos e canções de amor. Infelizmente, muito se perdeu com o tempo, mas o que chega até nós nos permite ter uma noção dessa riqueza em questão.[1]

As principais fontes de informação sobre o antigo Egito são os diversos monumentos, objetos e artefatos recuperados de sítios arqueológicos, mas, como o leitor poderá perceber ao final deste livro, muito do que sabemos sobre o panteão egípcio vem de inferências dos textos religiosos e funerários, como os Textos das Pirâmides, dos Sarcófagos e o Livro dos Mortos. Muita coisa, infelizmente, se perdeu com o tempo e só é possível ter acesso através do trabalho árduo de reconstrução feito por pesquisadores através dos séculos. Mesmo assim, algumas lacunas acabam não sendo preenchidas, deixando, em alguns momentos, espaço para diferentes interpretações.

Neste livro, inicialmente, veremos um panorama da sociedade egípcia e buscaremos compreender como eles entendiam o cosmos, a vida e a morte. Logo após, o leitor encontrará a seção de mitos, seguida de uma bela seleção de contos e lendas. Por fim, selecionamos trechos interessantes da literatura funerária egípcia, isto é, dos textos usados para guiar o falecido em sua viagem à vida após a morte, destacando os pontos mais interessantes.

---

[1] EDWARDS, A. *Pharaohs Fellahs and Explorers*. New York: Harper & Brothers, 1891.

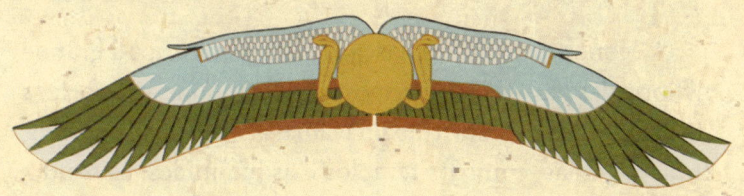

A civilização egípcia

Estabelecida no Vale do Nilo, no nordeste do continente africano, a civilização egípcia chegou a ocupar, em sua maior extensão, por volta de 1250 AEC, o território desde a costa da Síria, no norte, até a Núbia, no sul, espalhando-se do Mar Vermelho, no leste, até o deserto da Líbia, no oeste.

Em um contexto geográfico desértico, o desenvolvimento desta civilização está intrinsecamente associado à existência do **rio Nilo**, visto que ele fornecia aos antigos egípcios, entre outras coisas, terra fértil propícia ao cultivo em suas margens. O rio proporcionava um ritmo de vida relativamente previsível à região: entre junho e setembro de cada ano, ele enchia e transbordava, inundando a área ao seu redor. Quando a água recuava, tinha-se um solo fértil e rico para o cultivo, o que permitiu que a civilização se desenvolvesse e se tornasse próspera em meio ao deserto. A esta terra davam o nome de *Kemet*, que significa "terra negra e fértil". Os egípcios acreditavam que o fenômeno se tratava de um presente dos deuses, e o fato de ele acontecer regularmente fortificava sua crença de um ciclo divinamente regulado de vida e morte. O ciclo do Nilo também influenciava diretamente a organização do antigo calendário egípcio, que era composto por doze meses de 30 dias cada e dividido em três estações: *akhet*, o período de cheia, *peret*, a estação de crescimento e *shemu*, a seca ou época de colheita.

A economia local era baseada na agricultura e a grande maioria das pessoas era composta por camponeses que, fora do período de colheita, trabalhavam na construção de estruturas sagradas, como os templos e as pirâmides. Contudo, os agricultores conseguiram, de certa forma, se adaptar às condições naturais e desenvolveram métodos de irrigação para controlar o fluxo da água afim de que as plantações pudessem crescer tanto nas estações chuvosas quanto nas secas. Além disso, estruturas chamadas "nilômetros" eram espalhadas para que medissem até que nível a água havia chegado, podendo, assim, ter uma noção do quão boas seriam as colheitas naquele ano. Além da terra fértil em sua margem, o Nilo também fornecia lama — usada para fazer tijolos, material de construção essencial na arquitetura egípcia — e era um facilitador do transporte, oferecendo uma alternativa de deslocamento através de suas águas fluviais. As três culturas mais importantes eram o trigo, que usavam para fazer pão; o linho, usado para fazer panos para roupas; e o papiro, uma planta que podia ser usada para muitos fins além da escrita, incluindo a fabricação de cestas, cordas e sandálias.

Os antigos egípcios adoravam muitos deuses e deusas. Ao falarmos de religião, não estamos falando apenas de deuses e mitos, mas de um **sistema complexo** de crenças e rituais politeístas que *eram* toda a base da cultura dessa sociedade antiga e que **influenciava quase todos os aspectos de sua vida cotidiana**, como veremos com mais detalhes adiante. Seu panteão, entretanto, não era estático e podia variar muito com o tempo e a região. Divindades eram associadas e desassociadas umas às outras, mudando, inclusive, seus laços de parentesco: por exemplo, em um determinado momento, deuses X e Y poderiam ser um casal e, em outro, irmão e irmã. Relações eram feitas e desfeitas com frequência, levando em conta as divindades relacionadas às cidades que eram vistas com maior prestígio em determinado momento.

Os deuses eram adorados em templos de administração sacerdotal que, ao que parece, não eram locais de culto público (apenas em algumas raras ocasiões o deus era mostrado ao mundo exterior). Contudo, era normal que tivessem pequenas estátuas de deuses em casa, e que feitiços e amuletos fossem usados contra as forças do mal. A religião e a magia estavam interconectadas e os antigos egípcios acreditavam que, enquanto os humanos tratassem bem os deuses e fizessem sua parte para manter a **ordem celestial**, as divindades estariam do seu lado e a vida na Terra iria continuar e prosperar. Se, por outro lado, os deuses percebessem que a humanidade não estava cumprindo sua parte da relação, uma punição divina seria, certamente, enviada.

Governo e religião também estavam intrinsicamente conectados. O faraó governava tanto política quanto religiosamente, pois acreditava-se que ele tinha poderes divinos para a manutenção da ordem e da justiça universal contra as forças do caos. Ele era o chefe de Estado e o **representante divino** dos deuses na Terra, um mediador entre deuses e humanos. Para auxiliar o faraó em sua tarefa de manter a ordem e a justiça, havia uma hierarquia de conselheiros, sacerdotes, funcionários e administradores, que eram responsáveis pelos assuntos do Estado e do bem-estar do povo. Esses ajudavam a organizar a sociedade através da imposição de leis, tributação, construção de templos, taxações, trocas etc.

A vida na Terra era entendida como apenas uma parte de uma existência maior. O homem egípcio tentava levar uma vida seguindo as leis do universo, da justiça e da ordem, para que, após a morte, sua alma pudesse ser aprovada no julgamento de Osíris e ele pudesse seguir aos Campos de Junco, onde teria a vida eterna junto aos deuses. A morte era vista, portanto, como uma viagem a um país desconhecido, uma passagem, e, ainda que a temessem, encaravam-na com naturalidade, tentando deixar acertados, em vida, os preparativos para que esse trajeto fosse tranquilo.

Os antigos egípcios gostavam de contar histórias, sendo este, provavelmente, um de seus passatempos favoritos. Inscrições e imagens tratam de assuntos que vão desde os atos dos deuses até grandes aventuras, ou simplesmente questionamentos sobre o significado da vida e da existência humana, como veremos ao longo deste volume.

PERIODIZAÇÃO

Ao falarmos em "Antigo Egito", estamos cobrindo um intervalo de tempo extremamente longo, que pode ir de 3050 Antes da Era Comum (AEC) até os primeiros séculos da Era Comum (EC), dependendo do recorte utilizado pelo historiador.[2] Ao trabalhar com um intervalo de mais de 3.000 anos, é compreensível que seja difícil atribuir datas muito precisas para certos eventos e, por este motivo, os egiptólogos tendem a não citar, em geral, datas, referindo-se, em vez disso, ao reinado ou dinastia em vigor quando o evento em questão aconteceu.

No século III AEC, um sacerdote egípcio chamado Manetho dividiu os reinados dos reis egípcios em 30 dinastias, isto é, um poderoso grupo ou família que mantém sua posição por vários anos. Para fazer esse recorte, Manetho levou em consideração fatos históricos e acontecimentos de grande relevância — como a construção das pirâmides — mas também algumas inferências mitológicas.

Durante muito tempo, o poder passou de uma dinastia para outra. Uma dinastia governava até ser derrubada (por invasões externas ou conflitos internos, por exemplo) ou até que o faraó não houvesse deixado herdeiros para assumir seu posto. Os egiptólogos modernos pegaram as 30 dinastias de Manetho e as organizaram em 3 períodos maiores, chamados de **Reinos** ou **Impérios:** o Império Antigo, o Médio e o Novo. Em linhas gerais, esses períodos tendem a ser os momentos de maior estabilidade econômica e social, ou seja,

---

[2] Adotamos a terminologia Antes da Era Comum (AEC) e Era Comum (EC), seguindo os parâmetros terminológicos mais usados pela Arqueologia e pela Historiografia. (N. E.)

momentos em que a sociedade se viu prosperando. Tendo esses Reinos ou Impérios sido estabelecidos, delimitaram-se os períodos chamados de Intermediários (entre um Império e outro), épocas que tendem à descentralização do poder e instabilidade. Em geral, classifica-se a história do Egito da seguinte forma:

c.-AEC	Período
5000-3100	Pré-dinástico
3100-2686	Arcaico
2686-2181	Império Antigo: Era dos Construtores de Pirâmides
2181-2055	Primeiro Período Intermediário
2055-1786	Império Médio: 12ª Dinastia
1786-1567	Segundo Período Intermediário
1567-1085	Império Novo
1085-664	Terceiro Período Intermediário
664-332	Ptolomaico

Muitos estudiosos acreditam que o primeiro faraó tenha sido um indivíduo chamado Menés (também conhecido como Narmer), e que tenha sido ele o primeiro a unificar o Alto e o Baixo Egito — motivo pelo qual os faraós têm o título de "Senhor das duas Terras". Entretanto, há muito debate em volta do assunto, pois evidências arqueológicas sugerem que tenha havido outros faraós antes de Menés, e que eles tenham governado um Egito já unificado. A seguir, traremos um breve panorama de cada período, trazendo algumas de suas características principais a fim de garantirmos uma efetiva contextualização.

Império Antigo

O Império Antigo (dinastias IV a VI) é considerado o primeiro grande período de prosperidade e estabilidade política do Egito. Projetos de irrigação bem-sucedidos fizeram com que houvesse abundância de alimentos e o governo forte e centralizado durante a IV dinastia impunha o respeito necessário para a realização de grandes projetos. Foi durante esse período que o rei Sneferu aperfeiçoou a arte da construção de pirâmides e as pirâmides de Gizé foram construídas sob o reinado de Quéops (Khufu), Quéfren (Khafre) e Miquerinos (Menkaure). Entretanto, nas V e VI dinastias, os sacerdotes passaram a obter mais poder e distribuí-lo a funcionários locais, fazendo com que o reinado, outrora centralizado, começasse a ser enfraquecido. Além disso, houve um longo período de seca que trouxe à população, consecutivamente, uma fome sobre a qual pouco pôde ser feito pelo governo. Com o tempo, os governadores locais passaram a assumir mais e mais poder sobre suas regiões, e o governo central em Mênfis foi entrando em colapso, até ser visto como irrelevante.

Primeiro Período Intermediário

Os dois séculos que seguiram — conhecidos como o Primeiro Período Intermediário — apresentaram instabilidade econômica e estagnação política, e o Egito foi governado por magistrados locais que faziam e aplicavam suas próprias leis em cada região. Como vimos, os Impérios são entendidos, em geral, como períodos de prosperidade e estabilidade enquanto os Períodos Intermediários, de caos e colapso; entretanto, alguns estudiosos revisaram essa visão, propondo que o Primeiro Período Intermediário tenha sido um tempo de mudança e transição, no qual o poder e os costumes ditados pela monarquia de Mênfis, capital do Antigo Império Egípcio, foram disseminados por todo o país para aqueles de *status* tradicionalmente inferior.[3]

Império Médio

Já o Império Médio marca outro período de estabilidade e prosperidade. Mentuhotep II foi capaz de conquistar seus rivais no Alto e Baixo Egito e os uniu sob um único governo novamente.

Após uma série de campanhas militares bem-sucedidas para garantir seu poder, os faraós promoveram projetos de irrigação ao redor do Nilo que conseguiram grande prosperidade econômica. O Império Médio foi um período significativo para as artes e para a arquitetura: as alterações nas crenças e práticas religiosas — no papel do rei como líder político e espiritual e na relação entre o rei e seu povo — parecem estar conectadas às tendências nesses campos. Ao mesmo tempo em que essas alterações significativas na forma do complexo culto real aconteceram, as representações dos rostos das estátuas dos faraós ficaram mais maduras e austeras, o que pode sugerir uma nova visão do povo sobre a realeza ou relação com o poder político e com o papel religioso do governante.

---

3 MARK, J. First Intermediate Period of Egypt. World History Encyclopedia. Disponível em: https://www.worldhistory.org/First_Intermediate_Period_of_Egypt/ https://www.worldhistory.org/First_Intermediate_Period_of_Egypt/. Acesso em: 8 dez. 2022.

Adela Oppenheim, curadora do Departamento de Arte Egípcia do Museu Metropolitano de Arte de Nova Iorque, relata:

> Durante o Império Médio, a monumentalidade alcançou um maior equilíbrio entre arquitetura e escultura. Enquanto grandes templos, complexos de pirâmides e superestruturas de tumbas eram construídos, nenhum desses edifícios tinha a mesma solidez que suas contrapartes do Antigo ou do Novo Reino. Ao mesmo tempo, esculturas gigantescas e monumentais — em grande parte, embora não exclusivamente, representando o faraó — tornaram-se difundidas. A monumentalidade era um artifício usado pelos reis do Império Médio para enfatizar seu domínio sobre todo o país.[4]

O Império Médio teve seu declínio gradualmente, enquanto os faraós iam perdendo seu controle sobre o Egito unificado mais uma vez. Somado a isso, houve mais uma vez uma série de colheitas insuficientes que também contribuiu para enfraquecer o poder do faraó. O controle sobre o Egito se deteriorou mais uma vez, dando início a um segundo período de instabilidade, conhecido como o Segundo Período Intermediário.

---

4 THE MET. *Uncovering Middle Kingdom Egypt with Adela Oppenheim*. Disponível em: https://www.metmuseum.org/blogs/now-at-the-met/2015/ancient-egypt--transformed-catalogue-adela-oppenheimhttps://www.metmuseum.org/blogs/now-at-the-met/2015/ancient-egypt-transformed-catalogue-adela-oppenheim. Acesso em: 8 dez. 2021.

Segundo Período Intermediário

No Segundo Período Intermediário, mais uma vez, o Alto e o Baixo Egito estavam divididos. Os egípcios sempre se sentiram relativamente seguros em relação a invasões estrangeiras devido à sua configuração geográfica — os desertos a leste e oeste, e as cataratas e cachoeiras, no Nilo, ao sul — que servia como uma barreira natural de defesa. Desta vez, contudo, um grupo multiétnico da Ásia Ocidental conhecido como hicsos atravessou o deserto do Sinai em suas carruagens de guerra e conseguiu invadir o Egito. Não se sabe ao certo o motivo da invasão, mas especula-se que tenha sido por escassez de alimentos. Fato é que os hicsos estabeleceram sua capital em uma cidade na margem leste do delta do Nilo chamada Avaris, e por cerca de cem anos governaram o Baixo Egito, mas não conseguiram manter o controle sobre o Alto e, por fim, foram expulsos de lá.

Durante esse tempo de contato, tanto os hicsos quanto os egípcios assimilaram a cultura um do outro. Os reis hicsos passaram a ser chamados de faraós, a usar a coroa dupla do Egito e começaram a utilizar hieróglifos para escrever e adorar os deuses do panteão egípcio. No Alto Egito, os governantes de Tebas, por sua vez, estudavam e copiavam os exércitos e as armas, criavam cavalos e acrescentavam carros de guerra, preparando-se para expulsá-los de vez. Kamose, de Tebas, foi o responsável por velejar o Nilo e atacar o adversário, mas acabou morrendo no combate. Entretanto, os esforços valeram a pena, porque os hicsos foram expulsos de vez do território egípcio. Após sua morte, seu irmão, Ahmose I, assumiu o poder. Depois de expulsar os invasores, Ahmose I reuniu o Egito e inaugurou o Império Novo, a terceira grande era da cultura egípcia.

Neste período, a arte egípcia também teve um pequeno declínio e se tornou mais "crua": as representações passaram a ter cabeças pequenas, corpos estreitos com membros finos e nenhuma musculatura visível.

Império Novo

Esse foi, como os outros dois Impérios, um momento de estabilidade política e prosperidade. Os sucessores de Ahmose conduziram campanhas militares que estenderam a influência do Egito no Oriente Próximo e acumularam grandes riquezas que eram, em sua maioria, direcionadas à adoração dos deuses. O território governado pelos faraós expandiu-se em novas fronteiras no sul, oeste e leste e templos e palácios de magnitudes até então jamais vistas foram construídos.

Durante a XVIII dinastia, o Egito foi governado por um de seus nomes mais controversos: Amenhotep IV. A sociedade egípcia tinha uma forte, rígida e conservadora tradição cultural, na qual mudanças drásticas não eram bem-vindas. Na esfera da política, por exemplo, o faraó era a figura central e a prosperidade do país dependeria de sua boa ou má gestão: se o faraó fizesse um bom reinado, o Egito teria anos de fartura e desenvolvimento; se não, todos sofreriam as consequências até que um novo faraó assumisse o poder. Na esfera religiosa, como vimos, eram politeístas e vinham adorando os mesmos deuses por, pelo menos, 2.000 anos. Nestes dois milênios, Ámon, Rá e Osíris foram os únicos deuses colocados em posição de destaque, ainda que um tivesse maior ou menor prestígio durante certos momentos e localidades, eram sempre estes três nomes os principais.

Embora seu nome de nascimento fosse Amenhotep IV, o rei decidiu mudar seu nome no quinto ano de seu reinado para um que melhor refletisse suas ideias religiosas (Amenhotep = "Ámon está satisfeito", Akhenaton = "Efetivo para Áton[5]"). Então, ele deu início a uma série de mudanças na religião, na arte e na escrita, muitas das quais reorganizavam toda uma tradição de milênios, extremamente enraizada na sociedade. Dentre as diversas mudanças impostas por Akhenaton, a de maior impacto foi na esfera religiosa: o rei tentou se afastar da grande divindade nacional Amon-Rá, substituindo-o pelo deus Áton. Ele então impôs a adoração sobre a sua corte, os sacerdotes, o povo do Egito e seus estrangeiros, tentando fazer com que alguns deuses antigos fossem esquecidos. Além da imposição religiosa, Akhenaton também mudou a capital do Egito para um local anteriormente desocupado, reformulou seu estilo artístico real e implementou um novo estilo de arquitetura.

Foi também durante o Império Novo que viveram outros famosos faraós, como Ramsés II, conhecido pelo grande número de filhos que teve com suas várias esposas e amantes, e Tutancâmon, que ganhou popularidade após ter seu túmulo cheio de tesouros descoberto em 1922 pelo arqueólogo Howard Carter.

---

5 Aten, Atonu, Itn, o disco solar, não confundir com Atom, o primeiro deus a existir na Terra a partir das águas do Caos e criou todos os outros deuses e o universo. (N. E.)

Terceiro Período Intermediário e Período Ptolomaico

Como no Império Antigo e Médio, o Império Novo entrou em declínio quando a autoridade central começou a enfraquecer. As mudanças climáticas somadas ao alto custo dos esforços militares foram alguns dos fatores que resultaram na perda do poder centralizado no final da XX Dinastia, levando ao Terceiro Período Intermediário.

Nos 400 anos que se seguiram, houve mais turbulências e várias mudanças ocorreram na sociedade, na cultura e na política. Em vez do poder centralizado, o governo passou a ser dividido, mais uma vez, entre governantes locais, cada um responsável pela sua região.

Enquanto isso, o Império Assírio crescia e ganhava força e, em 671 AEC, o governante assírio Assaradão (Esarhaddon) finalmente expulsou o rei de Mênfis e destruiu a cidade. Por volta de 525 AEC, Cambises, rei da Pérsia, derrotou o último rei saíta,[6] na Batalha de Pelusium, e o Egito passou a pertencer ao Império Persa. Após perder a batalha, o Egito deixou de ser uma nação autônoma, exceto por breves períodos, e os persas o mantiveram esporadicamente até 331 AEC, com a chegada de Alexandre, o Grande. Após sua morte, o Egito passou a ser governado por uma dinastia grega, os Ptolomeus, até ser, por fim, anexado por Roma em 30 AEC.

---

6 A XXVI Dinastia Egípcia ficou conhecida como dinastia saíta em decorrência da antiga cidade de Saís, essa dinastia reinou entre 672 a 525 AEC e teve seis faraós. (N. E.)

MITOLOGIA NA VIDA DOS ANTIGOS EGÍPCIOS

O que veio antes de mim? O que acontecerá depois que eu morrer? Por que as coisas acontecem do jeito que acontecem?

Como todos nós, os egípcios também se faziam todas essas perguntas e formavam teorias baseadas no que observavam diariamente e tentavam relacioná-las ao que viviam.

Para os antigos egípcios, a vida na Terra era apenas uma parte de uma jornada sem fim para aqueles que fossem dignos. Eles usavam a religião e os aprendizados que retiravam da mitologia como base para tudo o que faziam e para garantir que estivessem agindo de acordo com o princípios da ordem e justiça, sendo, assim, dignos de vida eterna. As divindades eram entendidas como onipresentes, portanto, o ser humano nunca estava sozinho no universo, porque os deuses estavam constantemente observando seus passos, protegendo-os e guiando-os.

A narrativa mítica não era algo estático e imutável, mas presente no dia a dia das pessoas, "se desenrolando diariamente como uma repetição sem fim de criações, destruições e renascimentos, enredados em uma rede de interações divinas".[7] Cada indivíduo era protagonista de sua própria narrativa, que visava, ao fim de sua vida na Terra, ser considerado digno da vida após a morte. Além disso, entendia-se que, em certas ocasiões, ao invocar eventos míticos, o indivíduo se assimilava à sua divindade, assumindo sua posição enquanto

---

7 SHAW, G. J. *The Egyptian Mythology: A Guide to the Ancient Gods and Legends*. Londres: Thames & Hudson, 2014. p. 16.

fosse o caso. Como exemplifica Shawn, "uma pessoa com dor de cabeça tornava-se Hórus, a Criança, cuidada por seu mãe, que se tornava Ísis; na morte, o defunto transformava-se em vários deuses enquanto atravessava o reino da vida após a morte, assumindo o autoridade divina por um tempo."[8]

A mitologia estava intrinsicamente conectada a todo o modo de viver e de se relacionar no Antigo Egito, tanto no nível individual quanto social. Os parâmetros do que era correto não apenas daria propósito à existência, mas moldaria como a sociedade organizava suas leis e suas tradições. A forma como o homem se entendia tinha também, obviamente, um impacto muito forte em como sua trajetória de vida seria. A partir desses princípios ele decidiria qual a melhor forma de agir em cada situação.

Veremos, a seguir, alguns conceitos fundamentais para entender como os antigos egípcios percebiam e explicavam o mundo em que viviam.

Ma'at- a ordem divina

Ma'at era a antiga deusa da justiça, do equilíbrio e da ordem para os egípcios. Além disso, contudo, Ma'at encarnava um conceito crucial de como o universo seguia funcionando através da manutenção da verdade, do direito, da estabilidade e da continuidade. Pode-se dizer que Ma'at era o modelo do comportamento humano em conformidade com a vontade dos deuses, a ordem universal e o equilíbrio cósmico, e era o espelho da beleza celestial na Terra, por refletir apenas aquilo que é divino.

---

8 Ibid.

Salvo raras exceções de alguns que buscavam o caos, os deuses egípcios tentavam manter o princípio de Ma'at. Durante a vida na Terra, esperava-se que os humanos defendessem Ma'at com a compreensão de que as ações de alguém durante sua vida afetavam não apenas ela mesma, mas também a vida dos outros e o funcionamento de todo o universo. As pessoas deviam viver em harmonia para manter o equilíbrio, pois esta era a vontade dos deuses: que os seres humanos pudessem ter uma existência harmoniosa a fim de que também os permitisse desempenhar melhor suas tarefas.

Após a morte, aqueles que tivessem seguido os parâmetros da ordem e justiça de Ma'at continuariam seu curso de vida eterna; aqueles que, por qualquer motivo, tivessem se recusado a segui-los seriam condenados e sua alma deixaria de existir.

As partes da alma

Um dos conceitos essenciais para entender alguns propósitos da antiga religião egípcia é compreender como eles entendiam a "alma" — uma ideia que pode parecer complexa e talvez difícil de ser entendida ao olhar ocidental moderno. Acreditava-se que a personalidade de cada indivíduo era criada no seu nascimento, mas que a "alma" se tratava de uma entidade imortal que habitava um corpo que, em algum momento, sucumbiria. O corpo, portanto, era um recipiente e, no momento em que ele perecia, a alma passava para outro plano de existência, onde poderia cumprir diferentes trajetórias, dependendo ou não se tivesse pecado em vida.[9]

---

[9] Utilizaremos o termo "pecar" ao longo do livro para mais fácil compreensão; contudo, não se deve pensar exatamente no sentido cristão da palavra, mas, sim, no descumprimento das regras de harmonia e convívio de Ma'at.

A alma, entretanto, como geralmente a entendemos hoje no mundo ocidental, não era vista como um componente único, mas acreditava-se que fosse composta por várias partes — cada uma com uma função fundamental. Assim, ela era entendida pelos egípcios como uma combinação complexa de diferentes entidades, cada uma das quais tinha seus próprios atributos e funções e seu próprio papel a desempenhar na jornada da vida e da vida após a morte. Para que todos os aspectos da alma funcionassem, o corpo do falecido deveria permanecer intacto e, por esse motivo, os rituais mortuários tinham grande importância e eram feitos com muita cautela.

São sete as partes mais comuns de serem encontradas nos registros, mas é importantes frisar mais uma vez que, devido ao grande recorte temporal e extensão geográfica de que estamos tratando, esse número podia variar, assim como algumas das características de cada uma das partes.

Ka

O *ka* era o conceito egípcio de essência vital, responsável por diferenciar os vivos dos mortos: a morte ocorreria quando o *ka* deixasse o corpo de alguém. Acreditava-se que o *ka* era **criado no momento do nascimento de cada** pessoa e, assim, refletia a **personalidade** de cada indivíduo. Quando este morria, entretanto, o *ka* continuava a existir e seguia precisando ser alimentado. As pessoas, então, deixavam ofertas de alimentos nas tumbas para sustentar o falecido na vida após a morte, e acreditava-se que fosse o *ka* o responsável por consumir os alimentos deixados. Se ele fosse negligenciado e morresse de fome, ele poderia sair da sepultura e perseguir quem o negligenciara. O *ka* precisava que aquele corpo estivesse inteiro para que ele seguisse residindo ali e, por isso, o processo de mumificação era essencial: se o corpo entrasse em decomposição, o *ka* morreria e o falecido perderia qualquer chance de conseguir a vida eterna.

Representado por um hieróglifo de braços erguidos, o *ka* também era descrito com uma série de representações e relações: parece ter originalmente designado o espírito divino protetor do indivíduo, mas também era memória do falecido, a cópia de toda a individualidade da pessoa, tanto em relação à aparência física quanto à sua personalidade. Ele não estava restrito apenas aos humanos: a partir do momento que algo tivesse vida, ele tinha um *ka*, desde as plantas, os animais e até os deuses.

Era de crença comum que os aspectos da alma se libertavam do corpo após a morte e ficavam livres para vagar pela Terra às vezes, quando lhes interessasse. À partir dessa ideia, uma das práticas era as chamadas *estátuas de ka*, estátuas feitas de madeira ou de pedra à semelhança do falecido para serem colocadas nas capelas mortuárias, onde seriam cobertas com as devidas inscrições e, assim, além de servirem de memorial ao falecido, ajudariam seu *ka* a retornar à origem após vagar pela Terra. Às vezes, o hieróglifo do *ka* era representado no topo da cabeça da estátuas para reforçar o propósito delas.

Ba

Enquanto o *ka* estava ligado à personalidade, o *ba* estava relacionado à consciência de cada indivíduo, estimulando a bondade, a quietude, a honra e a compaixão. Cada corpo específico possuía seu próprio *ba*, que pairava sobre o cadáver após a morte, mas também podia viajar para a vida após a morte, visitar os deuses ou retornar à Terra para aqueles lugares que a pessoa amava em vida. O cadáver tinha que

Representação pictórica do *Ba*.

Amuleto de *Ba* para afastar o Mal. Século III AEC.
Walters Art Museum, Baltimore, EUA.

se reunir com o *ka* todas as noites para que o *ka* recebesse sustento, e era função do *ba* realizar isso. Diferentemente do *ka*, que era associado a todos seres vivos, o *ba* relacionava-se apenas a seres humanos e deuses.

É interessante, ao estudar o conceito de alma do Egito Antigo, aprender a reconhecer suas diversas representações, pois os registros deixados pelos egípcios estão cheios delas. O *ba* é a parte da alma representada pelo pássaro com cabeça humana que voava pela tumba durante o dia trazendo ar e comida para o falecido, mas viajava com Rá na Barca Solar durante a noite. Seu símbolo pode ser encontrado em muitas pinturas em tumbas e em papiros, como o Papiro de Ani, uma versão do Livro dos Mortos que continha quase duzentos feitiços de proteção.

Akh

Akh se refere à forma superior e iluminada da alma que foi julgada por Osíris e, assim como os outros conceitos, não poderia ser traduzido. Ele era o resultado da união mágica do *ba* e do *ka* que, então reunidos, tornavam-se uma forma permanente e imutável. O feitiço 474 dos Textos da Pirâmides afirma: "o akh pertence ao céu, o cadáver à Terra". Em outras palavras, enquanto o corpo do falecido permanecia na Terra, o *akh* desfrutaria da eternidade nos céus entre as estrelas com os deuses. Ele poderia retornar a este plano, no entanto, como fantasma para assombrar os vivos, se eles fizessem algo de errado, ou até mesmo em sonhos para oferecer ajuda a alguém.

Aparentemente, entendia-se que o *akh* tivesse dois subaspectos:

a) Sahu

O *sahu* era o aspecto corpóreo físico do *akh* que aparecia como fantasma ou em sonhos. Assim que o indivíduo fosse julgado por Osíris e considerado digno da existência eterna, este se separava dos outros aspectos da alma.

b) Sechem

O *sechem* era a energia vital do indivíduo que lhe permitia o domínio das circunstâncias. Ele se manifestava como o poder de controlar o ambiente e os resultados, porém sem a forma física.

Sheut

O *sheut* era a sombra ou silhueta da pessoa. Não é claro como o *sheut* era entendido ao certo, mas sabe-se que era considerado uma parte extremamente importante da alma, que a protegia e a orientava após a morte. Os egípcios acreditavam que, como a sombra de alguém estava sempre presente, ela continha parte da essência do ser. Embora se acreditasse que ele tendesse a ficar sempre perto do *ba*, o *sheut* podia participar de oferendas funerárias e era capaz de se desprender do corpo e viajar à vontade. O Livro dos Mortos egípcio inclui um feitiço em que a alma afirma: "Minha sombra não será derrotada" ao declarar sua capacidade de atravessar a vida após a morte em direção ao paraíso.

Ib (Ab)/Hati

O *ib* (*ab*) era o coração, a fonte do bem e do mal, que definia o caráter de alguém. Os antigos egípcios acreditavam que o *ib* se desenvolvia a partir de uma gota de sangue do coração da mãe durante a concepção e, desde então, era a sede da individualidade da pessoa e o registro de seus pensamentos e ações durante seu tempo na Terra.

O coração não era apenas um órgão do corpo, mas também era considerado pelos antigos egípcios como a sede da consciência, inteligência e emoções humanas. Eles atribuíam ao órgão um papel de "templo e depósito" dos pensamentos, semelhante aos papéis que hoje sabemos estar atribuído ao cérebro. O coração era dividido na forma passiva (consciência) chamada ib, e na parte ativa (desejo, direção) hati.

Após a morte da pessoa, seu *ib* era pesado em uma balança contra a pena branca da verdade por Osíris. *Ib*, a consciência, não poderia ser subornada e, dessa forma, testemunharia contra o falecido no mundo dos mortos se fosse o caso e, dessa forma, se o coração do falecido fosse considerado mais pesado que a pena, era jogado no chão onde seria devorado pelo monstro Ammit. Uma vez que o coração fosse comido, a alma deixaria de existir. Entretanto, se o coração fosse considerado mais leve que a pena, a alma estaria justificada e poderia prosseguir rumo ao paraíso. Para evitar que o *ib* testemunhasse contra a alma e possivelmente a condenasse falsamente, o coração da pessoa era removido durante o processo de mumificação e um amuleto especial era colocado em seu lugar como objeto protetor.

Ren

Ren era o nome dado a uma pessoa ao nascer. Os egípcios acreditavam que o nome era parte da alma da pessoa e que ela viveria enquanto o nome estivesse sendo falado ou lembrado. O acadêmico Nicholaus B. Pumphrey escreve que "a única maneira de o destino mudar é se uma criatura de poder superior mudasse de nome. Enquanto o nome do ser existir, o ser existirá por toda a eternidade como parte do tecido da ordem divina"[10].

Khet

Khet era o nome dado ao corpo físico do indivíduo, a parte mortal que deveria ser preservada através da mumificação. Como dissemos acima, para que a alma pudesse ser julgada pelos guardiões do submundo e, assim, preservada, era necessário que o corpo físico do morto se mantivesse intacto, então vários eram os preparativos com o corpo do falecido para que esta parte também fosse preservada. As câmaras funerárias eram adornadas com pinturas e estátuas personalizadas, tentando mostrar todos os triunfos e glórias do indivíduo durante sua vida terrena.

Vale ressaltar que as partes da alma tinham uma certa independência, apesar de fazerem parte de um elemento maior: enquanto o *khet* está na tumba, por exemplo, pronto para ser animado pelo *ka*, o *ba* pode estar viajando pelo mundo subterrâneo com Rá ou *sheut* pode estar com o *ba* na barca enquanto *ib* está com os deuses.

---

[10] PUMPHREY, N. B. *Names and Power the Concept of Secret Names in the Ancient Near East.* 2009. 76 f. Dissertação (Mestrado em Artes na Religião) – Universidade de Vanderbilt, Nashville. p. 6.

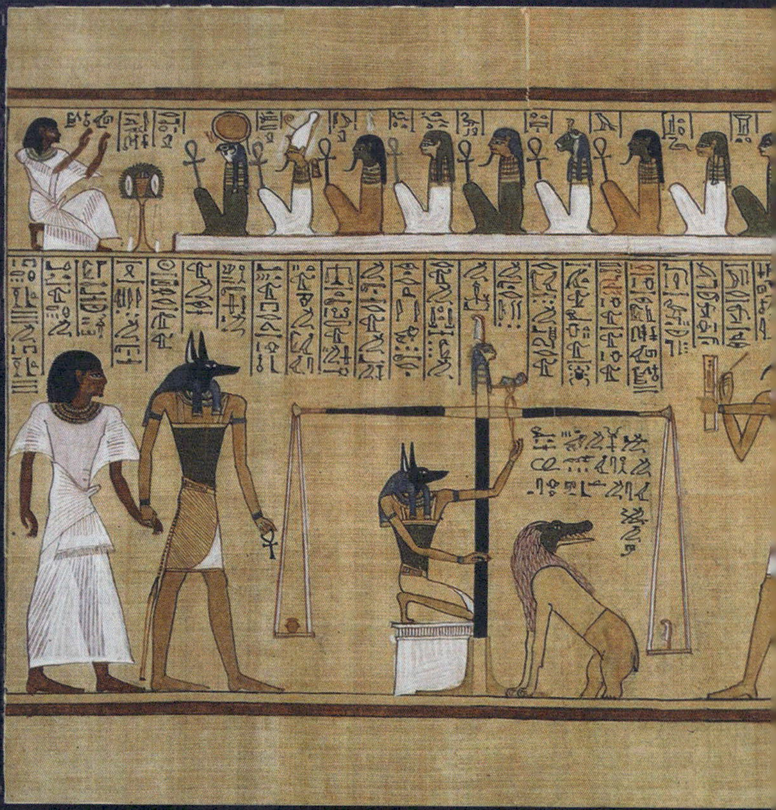

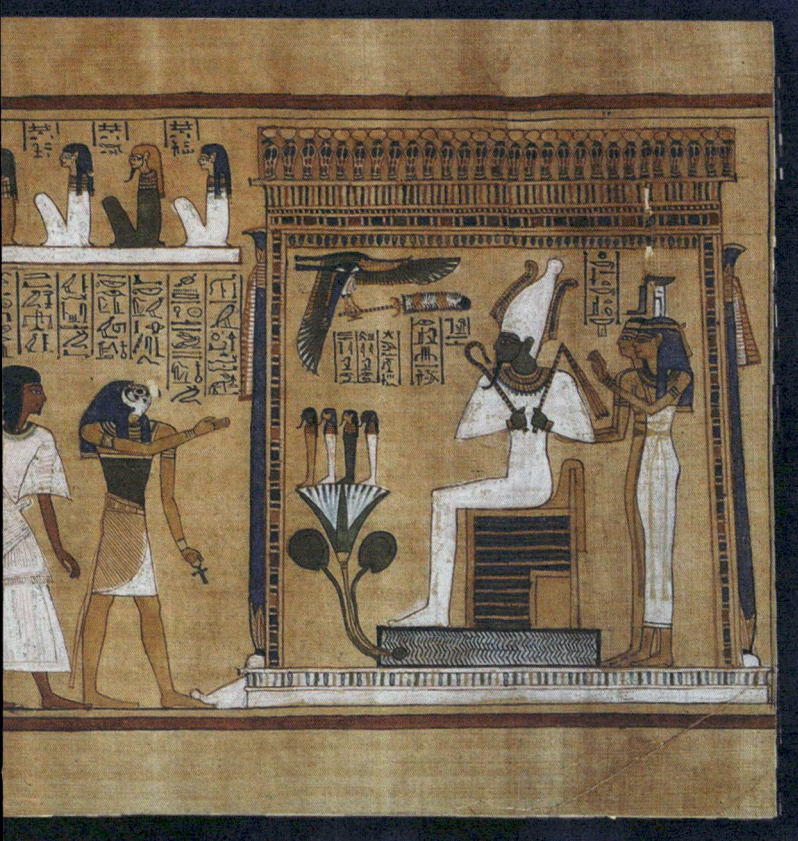

A pesagem do coração, Livro dos Mortos.

A concepção sobre a morte

Para os antigos egípcios, a morte não era entendida como o fim da vida, mas, sim, como um momento de passagem para a próxima fase da jornada eterna do indivíduo. Diferentemente da impressão que alguns filmes possam passar, o povo egípcio não tinha nenhum tipo de fascínio com a morte. Eles não a aguardavam ansiosamente nem se expunham e ela por entretenimento, apenas a entendiam como algo natural, como uma continuação que, para acontecer da melhor forma possível, precisava de preparações. Assim, pode-se dizer que a atitude dos antigos egípcios em relação à morte era influenciada não por uma obsessão pelo fim, mas pelo contrário: por sua crença na continuidade.

Ao que parece, a sociedade egípcia teve diferentes concepções de vida após a morte ao longo do tempo. A concepção mais simples e que não exige, necessariamente, nenhuma relação teológica é uma forma de animismo, isto é, a ideia de que a alma do falecido continuaria vagando os arredores da capela mortuária. Para isto, entretanto, ela necessitaria de provisões de comida, bebida, roupas, objetos de toalete e armas de defesa e caça. Num primeiro momento, estes itens eram deixados nos túmulos, mas, depois, passaram a ser representados por desenhos e inscrições nas tumbas.

A maior e mais comum ideia, todavia, era a concepção teológica do reino de Osíris: existia uma vida após a morte, mas esta era reservada apenas para aqueles que tivessem sido dignos durante sua passagem na Terra. Ao morrer, a alma do falecido embarcava em uma longa e complicada jornada em uma terra desconhecida, onde poderia encontrar feras e criaturas que jamais vira, além de algumas já bem conhecidas: serpentes, crocodilos, besouros e cobras. Após essa longa viagem, o indivíduo chegaria ao Reino dos Deuses, em que devia passar por sete portões, recitando com precisão um feitiço em cada parada. Se tudo desse certo, ele chegaria ao Grande Salão, onde encontraria os quarenta e dois deuses que o julgariam, decidindo quais almas seguiriam para os Campos de Junco, um lugar conceitualmente parecido com o "paraíso" cristão.

Neste julgamento, conhecido como Pesagem das Almas ou Pesagem do Coração (Psicostasia), os deuses ouviam as confissões do falecido, que afirmava ser inocente de pecados contra a ordem social divina e humana. O coração do falecido era então colocado numa balança e pesado contra uma pena de avestruz, o emblema da deusa Ma'at, que, como vimos, representava a verdade, a ordem e a justiça. Se o homem fosse digno, seu coração seria mais leve que a pena e ele poderia, então, deixar a sala de julgamento com seu coração e seu corpo físico restaurados e seguir na perigosa jornada até os Campos de Junco; por outro lado, se fosse mais pesado, o coração era arremessado ao chão e Ammit, uma fera com cabeça de crocodilo, corpo de leão e ancas de hipopótamo, o consumiria. Dessa forma se daria a segunda morte e a alma deixaria de existir para sempre.

Imaginava-se que, inicialmente, o reino de Osíris estivesse localizado nos pântanos do delta, mas, houvesse sido transferido para a Síria e, finalmente, para o nordeste do céu, onde a Via Láctea tornava-se o Nilo celestial. Tratava-se de um lugar sem dor nem medo, pois vivia-se junto aos deuses e tudo que havia sido perdido na morte era devolvido à alma. Assim como na Terra, a principal ocupação neste reino era a agricultura e as almas trabalhavam arando a terra e semeando e colhendo o milho celestial. Lá, o ritmo de vida era calmo e era possível repousar, sentando-se à sombra de árvores e jogando os jogos que amavam.

Ao que tudo indica, no início da monarquia, quando algum rei morria, seus servos eram enterrados ao seu redor para servi-lo no futuro. Essa prática, entretanto, foi se alterando ao longo do tempo: da segunda à décima segunda dinastia, em vez de enterrarem as pessoas, usavam-se figuras de escravos enterradas nas tumbas, portando instrumentos de trabalho como uma enxada para arar a terra, uma cesta para carregá-la e um recipiente para regar as plantações, inscritos com uma ordem para responderem por seu mestre quando ele fosse chamado para trabalhar no campo. Com o passar dos séculos, em vez de objetos reais, passou-se a pintar ou talhar os objetos em relevo nas figura, até que uma visão menos material da vida futura ganhou força e passou-se a dizer que o falecido tinha "ido para Osíris" naquele ano de sua idade, mas nenhuma figura de escravo era mais colocada com ele.

Existia também uma terceira versão sobre a vida após a morte, mas esta não estava relacionada ao reino de Osíris, mas, sim, pertencia a um sistema teológico totalmente diferente: o do progresso do deus-sol Rá. De acordo com essa visão, a alma se juntaria ao sol poente no oeste, pediria permissão para entrar no barco do sol na companhia dos deuses e, assim, seria levada para junto da luz eterna, onde estaria protegida dos medos e perigos da noite sobre a qual o sol triunfava. A alma do falecido não teria grandes ocupações de acordo com essa versão, apenas descansar na companhia divina e repelir com sucesso os poderes das trevas a cada hora da noite por meio de feitiços. Para que a viagem solar fosse possível, uma miniatura da barca solar era colocada na tumba com as figuras dos barqueiros, a fim de permitir que os mortos navegassem com o sol.

PARTE I
MITOS

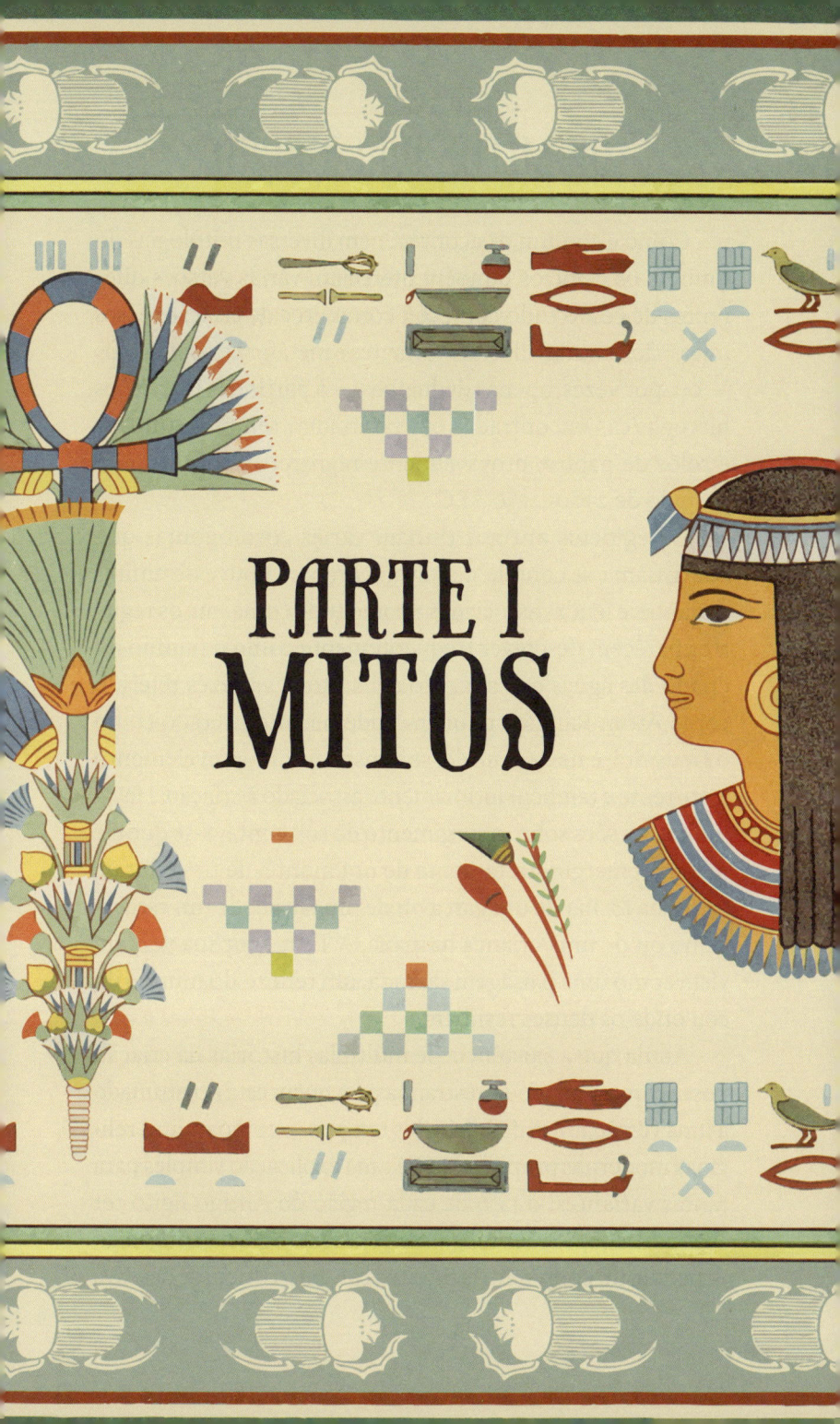

OS MITOS DA CRIAÇÃO

Como é comum de acontecer em diversas mitologias do mundo, os egípcios também ofereciam várias versões diferentes de como tudo começou com mitos de criação. Esses mitos são, em suas diversas variantes e metáforas, conhecidos — ou, por vezes, apenas deduzidos — a partir das inscrições hieroglíficas encontradas em pirâmides, templos, tumbas e rolos de papiro, provavelmente registradas em torno do período de 2780–2250 AEC.

Os egípcios antigos tinham várias cosmogonias que coexistiam e se complementavam. Embora houvesse muitas variantes e lendas associadas a como tudo começou, os registros parecem descrever frequentemente como o mundo foi criado das águas do caos pelo deus Atom, às vezes referido como Atom-Rá. Esse também pode ser interpretado como o Deus-Sol, e neste sentido, se constitui como um elemento recorrente e também intimamente associado à criação. Havia muitas versões sobre o surgimento do sol: contava-se que ele poderia emergir diretamente de um monte, de uma flor de lótus, na forma de um garça ou de um falcão, de um escaravelho ou de uma criança humana. A Terra, por sua vez, era vista como uma paisagem sagrada, um reflexo do mundo do céu onde os deuses residiam.

Ainda que a existência de múltiplas histórias da criação possa parecer um pouco estranha para quem está acostumado a uma versão única do início dos tempos — como muitas religiões modernas propõem —, há uma explicação simples para tantas variantes: o fato de cada região do Antigo Egito ter suas particularidades religiosas. A religião egípcia antiga não dependia do conteúdo de escritos canônicos, nem se baseava em um conjunto de princípios teológicos, mas evoluiu com base em como as pessoas interagiam com seus deuses, ações denominadas pelos egiptólogos como "cultos". Cada área costumava ter seu próprio patrono e até mesmo seu próprio templo, onde acreditavam que a criação teria acontecido. A partir dessa perspectiva, fica mais fácil entender como era possível que cada região fosse um centro de culto diferente. Como é de se imaginar, conforme algumas cidades ou regiões iam ganhando prestígio, suas crenças iam ganhando força e se espalhando por outros lugares também.

Um outro fator de variação é que não há uma única narrativa egípcia combinando todos os diferentes mistérios da criação e as origens do mundo presente: é necessário relacionar os episódios e referências de várias fontes diferentes e, dessa forma, as interpretações consequentemente sofreriam variações. É importante estar ciente também de que a forma de mito pode ser uma análise moderna do que era a questão da criação para os antigos egípcios: é possível que o enfoque do antigo povo não fosse o de **contar histórias** (estas surgem muito mais tarde nos registros remanescentes), mas o de **expressar relações** entre diferentes forças divinas em grupos. Os quatro principais mitos da criação são os de Hermópolis, Heliópolis, Mênfis e Tebas:

Hermópolis

Hermópolis era o mais importante centro de culto de Thoth, o antigo deus da sabedoria. Os antigos gregos comparavam Thoth com o seu deus Hermes, o que nos dá o nome de Hermópolis, ou "cidade de Hermes". O nome egípcio antigo para esta cidade era Khemnu, ou "A cidade dos Oito", em referência às oito divindades (a Ogdóade) que, neste mito, personificavam os elementos primordiais de antes da criação.

Nesta versão, antes do mundo ser criado, havia apenas um abismo infinito ou o caos primordial de águas escuras e sem direção ou propósito chamado Nun. Nessas águas primordiais havia oito forças ou deuses que vinham em pares: marido e esposa, ou homem e mulher. A eles era dado o nome de Ogdóade, e eram frequentemente representados tendo cabeças de rãs por se tratarem de divindades da água. No entanto, não se sabe muito mais sobre eles, exceto seus atributos.

> **Nun** e **Naunet** – da palavra *nnw* "expansão aquosa", a falta de solidez
> **Huh** e **Hauhet** – da palavra *HH* "tempo sem fim", o infinito, a ausência de tempo
> **Kek** e **Kauket** – da palavra *kkw* "escuridão", a falta de luz
> **Tenem** e **Tenemet** – da palavra *tnm* "vagar", falta de direção
>
> **Obs.** Em algumas versões, Tenem e Tenemet são substituídos por Ámon e Amonet, da palavra *imn* "escondido", fazendo referência à falta de **visão**.

Mais importante que as divindades em si, neste momento, era o que elas significavam: a ausência de forma, luz, tempo e direção são todos aspectos totalmente negativos e representam o caos no início do universo. A partir daí, o mundo foi se organizando e a criação acontecendo. Esses grupos eventualmente convergiram, criando um monte piramidal. Dele surgiu o Sol, que subiu para o céu para iluminar o mundo.

Heliópolis

Esta é a versão da cosmogonia egípcia mais conhecida e difundida. Assim como a cosmogonia de Hermópolis, aqui o mundo também teria surgido do caos das águas de Nun. Entendia-se, entretanto, que nesse caos estava Heka (o potencial mágico ou deus da magia) que esperava o momento de a criação acontecer.

O deus Atom, a fonte de todos os elementos e forças do mundo, criou-se a partir de Nun por uma força de vontade própria, pronunciando seu próprio nome. Como criador dos deuses e humanos, ele foi responsável por trazer ordem aos céus e à Terra. De acordo com os Textos das Pirâmides, o deus criador emergiu da escuridão caótica de Nun como um pássaro mítico Bennu (semelhante a uma fênix). Atom olhou para o nada do topo da colina primordial chamada Ben-Ben e reconheceu sua solidão e então, por meio da magia, acasalou-se com sua própria sombra para dar à luz dois filhos, Shu (ar) e Tefnut (umidade). Shu deu ao mundo primitivo os princípios da vida, enquanto Tefnut contribuiu com os princípios da ordem. O mito provavelmente nos dá a entender, portanto, que, inicialmente, tínhamos o ar e a umidade.

Deixando seu pai na colina, Shu e Tefnut partiram para estabelecer o mundo. Com o tempo, Atom ficou preocupado porque seus filhos já haviam partido há muito tempo e não haviam retornado. O pai então arrancou seu próprio olho e o mandou em busca deles. Após ter enviado seu olho, Atom sentou-se sozinho na colina no meio do caos e contemplou a eternidade. Shu e Tefnut retornaram com o olho de Atom, e seu pai, grato por seu retorno seguro, derramou lágrimas de alegria. Essas lágrimas, caindo na terra escura e fértil da colina Ben-Ben, deram à luz homens e mulheres.

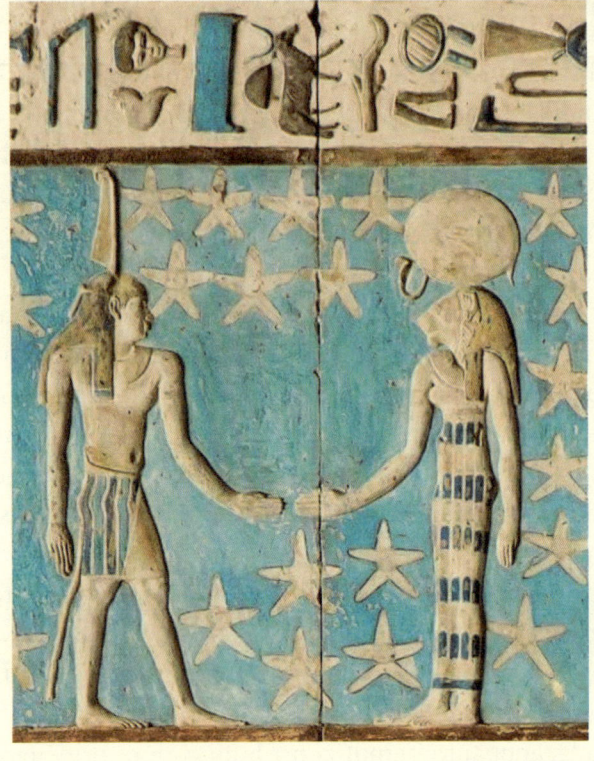

Shu e Tefnut no templo de Hator em Denderah.

Essas criaturas primitivas não tinham onde morar, então Shu e Tefnut, permanecendo juntos, copularam e deram à luz Geb (a terra) e Nut (o céu). Geb e Nut, embora irmão e irmã, apaixonaram-se profundamente e eram inseparáveis. Desaprovando o comportamento deles, Atom afastou Nut para bem longe de Geb, alto no céu, assim os dois seriam sempre capazes de se ver, mas não seriam mais capazes de se tocar. Contudo, como Atom veio tarde demais: Nut já estava grávida de Geb. O deus então decretou que ela não poderia dar à luz em nenhum mês do ano. Como veremos melhor um pouco adiante, o deus da sabedoria, Thoth, teve a ideia de fazer algumas apostas com deus-lua Khonsu para obter luz extra e, ao ganhar, foi capaz de adicionar cinco dias extras ao calendário oficial egípcio, que continha 360 dias. Nesses cinco dias, ela deu à luz **Osíris**, **Ísis**, **Set**, **Néftis** e **Hórus** — os cinco deuses egípcios mais frequentemente reconhecidos como as divindades mais antigas. Osíris mostrou-se um deus atencioso e judicioso e recebeu o governo do mundo por Atom, que então partiu para cuidar de seus próprios assuntos.

Podendo ser relacionado ao deus criador Atom (ou Atom-Rá) e a Hórus, o olho acabou se tornando um motivo comum na mitologia e na arte egípcia. Ele representa o poder de ver, iluminar e agir — em outras palavras, restaurar a ordem na Terra — papéis fundamentais do faraó.

Relevo do santuário do Templo de Khonsu em Karnak. O olho de Atom-Rá pode ser igualado ao disco solar, possui dois *uraei* enrolados em torno dele, com as coroas branca e vermelha, representando o Alto e Baixo Egito.

Mênfis

Mênfis era uma das cidades mais importantes da história do antigo Egito, tendo sido, inclusive, sua primeira capital. A tríade divina que protegia a cidade consistia em Ptá, sua consorte Sekhmet e seu filho, Nefertum.

Ao contrário das versões da criação expressas nos mitos cosmogônicos de Hermópolis e Heliópolis, que chegaram ao nosso conhecimento a partir de vários textos religiosos antigos, o mito da criação de Mênfis é preservado em um único documento conhecido como Pedra Xabaka, que agora está preservada no Museu Britânico.[11]

Essa versão do mito gira em torno do deus Ptá. Diferente das outras versões, não se trata de uma criação física, mas de uma criação intelectual, através das palavras da mente do deus. As ideias desenvolvidas no coração de Ptá (consideradas pelos egípcios como a sede do pensamento humano) ganharam forma quando ele as pronunciou. O texto descreve o processo de criação por Ptá.[12]

> *Ele deu à luz os deuses.*
> *Ele fez as cidades,*
> *Ele estabeleceu os nomos,*
> *Ele colocou os deuses em seus santuários,*
> *Ele liquidou suas ofertas,*
> *Ele estabeleceu seus santuários,*
> *Ele fez seus corpos de acordo com seus desejos.*
> *Assim, os deuses entraram em seus corpos,*

---

11 WEGNER, J. H. *Ancient Egyptian Creation Myths: From Watery Chaos to Cosmic Egg.* Glen Cairn Museum. Disponível em: <https://glencairnmuseum.org/newsletter/2021/7/13/ancient-egyptian-creation-myths-from-watery-chaosto-cosmic-egg>. Acesso em: 20 jan. 2022.

12 Ibid.

Pedra de Xabaka, Museu Britânico.

De cada madeira, cada pedra, cada argila,
Tudo que cresce sobre ele
Em que eles vieram a existir.
Assim foram reunidos a ele todos os deuses e seus kas,
Felizes, unidos ao Senhor das Duas Terras

Posteriormente, todavia, Ptá cria Atom, que, por sua vez, vai criar os outros deuses da Enéade heliopolitana. Desta forma, as teologias estão todas conectadas, e Ptá foi colocado como um precedente do surgimento do deus Atom e de todos os aspectos cósmicos que surgiram com a criação.

Tebas

Ámon era inicialmente uma divindade local de Tebas, formando a tríade tebana com sua consorte Mut e seu filho, Khonsu, quando a cidade ainda não era de muita relevância. Já por volta do Primeiro Período Intermediário, as crenças no deus ficaram mais elaboradas e, progressivamente, ele passou a ser interpretado não apenas como um membro da Ogdóade, mas como a força oculta por trás de todas as coisas. A crescente importância de Ámon estava provavelmente ligada ao crescimento da importância política de Tebas durante este período da história dinástica egípcia. Assim, aos poucos, Ámon passou a ser considerado um deus criador por direito próprio.

O mito conta que Ámon surgiu espontânea e misteriosamente do vazio de Nun, tendo sido criado de alguma forma secreta, que ninguém jamais irá saber. Ao falar, ele deu vida e movimento às coisas, concluindo, assim, a criação. Em algumas partes do Egito, as pessoas acreditavam que, neste estágio inicial de sua existência, Ámon teria assumido a forma de um ganso gigante e que continuou assumindo diversas formas com o passar do tempo. Ele teria tomado a forma do primeiro deus da Ogdóade e criado, posteriormente, os outros sete deuses que compunham o grupo: Nun, Naunet, Huh, Hauhet, Kek, Kauket, e Amonet. Depois, tomando forma de terra seca, se transformou no primeiro morro e criou a Enéade.

Após completar essa fase da criação, Ámon subiu aos céus e assumiu a forma do Sol, passando, então, a ser frequentemente chamado de Amon-Rá. Ele começou, então, uma nova fase da criação: passou a criar os humanos que habitariam a Terra. Para isso, entretanto, ele pediu a ajuda do deus-carneiro Khnum: este passaria a ser um deus do destino, e controlaria a humanidade.

Ele passou, com a bênção de Ámon, a modelar os primeiros humanos em sua roda de oleiro divina. Por meio de uma argila especial, Khnum começou modelando os ossos, depois modelou a pele, as veias que transportam o sangue e os vários órgãos, incluindo aqueles para digestão, respiração e reprodução. Ele deu aos humanos toda a estrutura física de que necessitavam, mas lhes faltavam as centelhas da vida: eram apenas corpos, que não se movimentavam nem pensavam. Khnum deu-lhes, então, o sopro da vida, passando-lhes um pouco de sua própria força vital.

Essas novas criaturas, contudo, precisariam de um lugar para morar. Dando-se conta disso, Khnum afastou as águas primordiais, conseguindo um pouco mais de terra seca, onde elas conseguissem habitar. Ele então ajudou as primeiras pessoas a estabelecerem novas cidades, a maioria delas no planalto de Tebas, e completou com uma enorme variedade de animais e plantas. Aos poucos, essas pessoas foram tendo filhos e se espalhando pelo mundo, mas o Egito continuou exatamente como havia sido criado.

O historiador Don Nardo explica que a coexistência de diferentes cosmogonias não significava, entretanto, que uma anulasse a outra:

> *É importante perceber que os egípcios eventualmente reconheceram e adoraram todos esses deuses e passaram a ver as várias histórias da criação como igualmente válidas. Embora as tradições locais entrassem em conflito umas com as outras em alguns pontos, elas também compartilhavam certos conceitos, deuses e eventos.*
>
> *Isso era especialmente verdadeiro para a versão de Tebas, [...] que tentou ganhar crédito incorporando elementos das outras três cosmogonias e associou todos os outros deuses criadores a Ámon. Assim, Ámon cumpre o mesmo papel básico de "criador" na cosmogonia tebana que Atom cumpre na cosmogonia de Heliópolis e que Ptá cumpre na cosmogonia de Mênfis. E a cosmogonia tebana reconhece e incorpora os oito deuses da Ogdóade de Hermópolis; a principal diferença é que, na versão hermopolitana, Ámon é apenas um dos oito deuses, enquanto na versão tebana ele é o primeiro deles e cria os outros sete. Da mesma forma, a versão de Tebas reconhece os nove deuses*

da Enéade sagrada em Heliópolis e Mênfis, mas afirma que Ámon, em vez de Atom ou Ptá, os criou.[13]

Outras regiões e cidades tinham outras histórias de criação. Como vimos, em geral elas não se contradiziam ou se anulavam, mas colocavam em foco alguma divindade ou aspecto que fosse mais relevante para a região.

A lenda da (quase) destruição da Humanidade

A lenda da (quase) destruição da Humanidade é um mito de cataclismo (catástrofe ou desastre). Em outras palavras, a história é entendida como um aviso aos humanos sobre os poderes destrutivos que os deuses têm — e usam se forem provocados ou irritados — e quais seriam as consequências da utilização desse poder.

O mito vem de uma coleção de textos chamados "O Livro da Vaca Divina". Seções dessa obra foram descobertas nas tumbas dos faraós Tutancâmon, Ramsés II, Ramsés III, Ramsés IV e Seti I. Neste último, o texto é encontrado nas quatro paredes de uma pequena câmara que é acessada pelo "corredor das colunas". Na parede em frente à porta desta câmara, está pintada de vermelho a figura da grande "Vaca do Céu". A parte inferior de sua barriga é decorada com uma série de treze estrelas e, imediatamente abaixo dela, estão os dois barcos de Rá, chamados Semketet e Mantchet, (ou Sektet e Matet). Cada uma de suas quatro pernas é segurada por dois deuses, e o deus Shu, com os braços estendidos e erguidos, apoia seu corpo.

---

13 NARDO, D. *Egyptian Mythology*. New Jersey: Enslow Publishers, 2001.

Com exceção da tumba de Ramsés VI, que continha o texto em folhas de papiro, o mito foi encontrado inscrito nas paredes das tumbas e nenhum deles, por si só, está completo. Os estudiosos tiveram que combinar as diferentes descobertas para montar a história e, mesmo assim, sobraram lacunas, mas a narrativa central da rebelião da Humanidade e da reação dos deuses está clara e completa.

A história acontece em um passado remoto, quando o deus do sol Rá ainda era o governante do Egito. Rá envia a deusa Hator, em algumas versões na forma de Sekhmet, para destruir os humanos que estavam conspirando contra ele. Hator muitas vezes é referida como o Olho de Rá, uma entidade separada que o deus-sol enviava para realizar uma determinada tarefa. Frequentemente, o Olho de Rá fugia de seu controle e causava estragos em uma terra distante antes de retornar ou ser forçada a voltar.[14]

O mito atribuía a responsabilidade pela paz e harmonia diretamente aos seres humanos, que já não eram mais mimados por seu criador: já era hora de assumirem responsabilidade por suas próprias ações e reconhecerem a

---

14 BUDGE, E. A. W. *Legends of the Gods: The Egyptian Texts*. Gutenberg. Disponível em: <https://www.gutenberg.org/ebooks/9411>. Acesso em 21 jan. 2022.

dívida que tinham para com os deuses que lhes deram a vida. Pode-se dizer, então, que o Mito da (quase) destruição da Humanidade é um lembrete de que, mesmo que os deuses possam estar sempre presentes para auxiliar, é responsabilidade pessoal de cada um ser digno de suas benesses.

A lenda nos leva de volta a uma época muito distante, quando os deuses do Egito circulavam pela Terra, misturavam-se aos homens e conheciam perfeitamente seus desejos e necessidades.

Quem reinava sobre o Egito era Rá, o deus-Sol, que não era, entretanto, o primeiro da Dinastia dos Deuses a governar a Terra. Rá já governava a humanidade há um longo tempo, e, frequentemente, seus súditos murmuravam coisas ruins sobre ele, reclamando que ele estava velho, que seus ossos eram como prata, seu corpo como ouro e seus cabelos como lápis-lazúli[15]. Consequentemente, vários grupos de pessoas em diferentes partes do Egito começaram a questionar a capacidade do deus de seguir reinando e começaram a planejar uma conspiração para tirá-lo de todo poder. Ao ouvir esses murmúrios, Rá decidiu que algo tinha de ser feito para ensinar uma lição àqueles humanos ingratos. Ele pediu que seus guardas convocassem todos os deuses e ordenou-lhes que se reunissem em particular no Grande Templo, que não poderia ser outro senão o famoso templo de Heliópolis.

À entrada de Rá no Grande Templo, os deuses prestaram homenagem a ele e assumiram suas posições ao seu lado, informando-o de que aguardavam o que ele tinha a dizer. Dirigindo-se a Nun, a personificação do oceano, Rá pediu que notassem o fato de que os homens e mulheres os quais seu próprio Olho havia criado o estavam traindo e murmurando coisas ruins contra ele. Ele então pediu que considerassem

---

15 Do original. É dito com sentido pejorativo.

o assunto e elaborassem uma forma de lidar com aquele problema, pois só tomaria a decisão de matar os rebeldes depois de ouvir o que os outros deuses tinham a dizer.[16]

— Das lágrimas dos meus próprios olhos, dei a estes mortais a vida e veja como eles me retribuem! Digam-me, deuses, que punição devo lançar sobre eles? — disse o deus-Sol.

Em resposta, os deuses aconselharam Rá a enviar seu Olho para destruir os blasfemadores, pois não havia criatura que pudesse resistir a ele, especialmente quando este assumia a forma da deusa Hator[17].

— Envie o Olho de Rá para derrubar esses culpados, esses transgressores contra a justiça divina! Mate todos os que foram desleais!— responderam.

Rá aceitou o conselho deles. Olhando para a Terra, ele viu muitos dos humanos correndo, deixando suas casas e cidades, e fugindo para o deserto. Estava claro que, de alguma forma, os conspiradores haviam descoberto seus planos e estavam tentando se esconder de sua ira, mas isso não seria possível: o Olho de Rá já surgia na forma da deusa Hator. Os humanos estavam acostumados a vê-la como uma divindade amorosa e generosa, mas agora eles estavam prestes a descobrir seu pior lado.

Assumindo agora a forma da deusa-leoa Sekhmet, ela desceu sobre os humanos, rasgando seus corpos, enquanto os outros tentavam fugir apavorados. Fosse um por um, em grupos, ou mesmo aos milhares, ela massacrava as pessoas e bebia seu sangue, que respingava sobre ela e encharcava

---

16 SACRED TEXTS. The Legend of the Destruction of Mankind. Disponível em: <https://www.sacred-texts.com/egy/leg/leg05.htm>. Acesso em 21 jan. 2022.

17 Tanto Hator quanto Sekhmet podem participar do mito. Acreditava-se que a deusa Sekhmet tenha sido enviada na forma de Hator, às vezes, o contrário, Hator na forma de Sekhmet. As duas deusas também são frequentemente associadas.

as areias. Depois de ter matado todos que haviam se escondido no deserto, começou a atacar vilas e cidades, destruindo casas e devorando todos os que via pela frente.

Durante todo o dia, Rá ficou sentado em silêncio, observando sua filha matando a Humanidade. Ele ouvia os gritos o os choros, e começou a pensar que talvez tivesse ido longe demais com a sua punição. Era certo que os traidores mereciam pagar pelos seus atos, mas não lhe parecia justo que o resto da Humanidade sofresse pelos crimes de alguns homens. Rá também concluiu que se todos os humanos fossem mortos, ele e os outros deuses não teriam ninguém para adorá-los.

Ao fim do dia, Rá foi ao encontro de Hator e lhe disse que ela já havia cumprido seu desejo de punir os humanos, e que não havia mais necessidade de seguir fazendo aquilo. Hator, entretanto, estava em estado de torpor, insaciável por sangue e ansiosa por continuar sua matança pela manhã, até que toda humanidade houvesse sido assassinada. O deus tentou argumentar que aquilo não era necessário, mas Hator estava irredutível. Assim, ela foi dormir, prometendo continuar derramando sangue na manhã seguinte.

Vendo que Hator estava fora de controle, Rá percebeu que teria que fazer algo para impedi-la de matar o resto da Humanidade. Rapidamente, ele convocou seus mensageiros e, quando eles chegaram, ordenou que eles corressem como o vento para Abu, ou a cidade de Elefantina, e lhe trouxessem grandes quantidades de uma fruta chamada *tataat*[18]. Não está claro que tipo de fruta era essa, mas ela foi dada a Sekti, uma deusa de Heliópolis, para serem esmagadas e moídas e, feito isso, foram misturadas com sangue humano e colocadas em uma grande infusão de cerveja de trigo que as escravas

---

18 O elemento que tingirá a cerveja pode variar dependendo da versão.

tinham feito. Ao todo, elas fizeram 7 mil barris de cerveja. Ao ver a bebida, Rá a aprovou e ordenou que carregassem tudo rio acima, até onde a deusa Hator ainda estava, ao que parece, matando homens e mulheres sem nenhuma piedade. Quando chegou a noite, Rá despejou, com muito cuidado para não despertar Hator, a cerveja de cor vermelha, formando uma enorme poça no chão perto de onde ela dormia.[19]

A deusa, ao notar a bebida, bebeu dela pensando ser sangue humano até ficar embriagada, e não se lembrou mais do porquê estava ali, nem deu mais atenção aos homens e mulheres que antes estava matando. Arrastando os pés, a deusa bêbada voltou a dormir e não acordou por muitos dias. Quando finalmente o fez, mal se lembrava do que havia acontecido e parou com os ataques.

Tudo isso teve grandes consequências e trouxe vários ensinamentos. Os humanos sobreviventes aprenderam que deveriam respeitar os deuses, e nunca insultá-los ou conspirar contra eles; Hator, aprendeu a controlar um pouco mais seu temperamento letal, e Rá chegou à conclusão de que ele realmente já estava muito velho e cansado para governar o Egito.

Rá decide partir

Rá estava desconsolado e queixou-se de que sentia seus membros fracos pela primeira vez na vida. Agora ele desejava apenas subir aos céus, onde, posteriormente, navegaria seu barco de luz todos os dias. Em seguida, o deus Nun ordenou que Nut levasse o grande deus Rá nas costas. Nut se transformou em uma vaca e, com a ajuda de Shu, Rá subiu em

---

[19] MARK, J. Book of the Heavenly Cow. World History Encyclopedia. Disponível em: < https://www.worldhistory.org/Book_of_the_Heavenly_Cow/https://www.worldhistory.org/Book_of_the_Heavenly_Cow/>. Acesso em: 21 jan. 2022.

suas costas. Assim que os homens viram que Rá estava nas costas da Vaca do Céu, e estava prestes a deixá-los, ficaram cheios de medo e arrependimento. Os homens se aproximaram, explicando que tinham vindo para derrubar seus inimigos e qualquer um que conspirasse contra ele. Rá os ignorou, no entanto, e partiu para seu palácio, deixando o Egito cair na escuridão.[20]

Ao acordar na manhã seguinte, Rá descobriu que a humanidade havia criado arcos e flechas para atirar em seus inimigos. Irritado, o deus-Sol anunciou:

— Sua vileza ficará para trás, ó matadores; que o seu massacre seja distante [de mim]. Suas ações fortaleceram minha decisão de partir.

Nut permaneceu com Rá durante o dia e a noite, ajudando-o a fazer alguns ajustes finais para o cosmos: de sua posição distante no céu, Rá orientou Nut a criar a Via Láctea, os planetas e as estrelas. Então, ele partiu e preparou um lugar para onde todos pudessem ir. Ele disse: "Hetep sekhet aa", isto é, "Que um grande campo seja produzido", e imediatamente o "Sekhet-hetep", o "Campo da paz", passou a existir. Em seguida, ele disse: "Que nele haja juncos (aaru)", e imediatamente "Sekhet Aaru", ou os "Campos de Junco", passou a existir. Tratava-se de uma espécie de paraíso para os egípcios, como os Campos Elísios dos gregos. A deusa Nut começou a tremer, e Rá, temendo que ela pudesse cair, fez com que surgissem os Quatro Pilares sobre os quais os céus são sustentados. Virando-se para Shu, Rá implorou para que ele protegesse esses suportes, se colocasse sob Nut e a segurasse na posição correta com as mãos. Assim, os céus em que Rá vivia passaram a ter sustentação e foram deixados sem

---

20 SHAW, G. J. *The Egyptian Mythology: A Guide to the Ancient Gods and Legends*. Londres: Thames & Hudson, 2014.

o risco de queda, e a Humanidade viveria e se alegraria na luz do novo Sol.

Ao fazer um paraíso para si mesmo e providenciar a continuação da vida na Terra e o bem-estar dos seres humanos, Rá se lembrou de que certa vez, quando reinava aqui, ele fora mordido por uma serpente e quase perdera sua vida. Temendo que a mesma calamidade pudesse acontecer a seu sucessor, ele decidiu tomar medidas para destruir o poder de todos os répteis nocivos que aqui viviam. Com esse objetivo em vista, pediu a Thoth que convocasse Geb, o deus da Terra, à sua presença, e quando esse deus chegou, Rá lhe disse que uma guerra deveria ser travada contra as serpentes que habitavam em seus domínios. Ele ainda lhe ordenou que fosse até o deus Nun e lhe dissesse para vigiar todos os répteis que vivessem na terra e na água, e para mapear cada lugar onde se sabia que existiam cobras e lhes desse ordens estritas por escrito de que elas não deveriam morder ninguém. Embora essas serpentes soubessem que Rá estava se retirando da Terra, elas nunca deveriam esquecer que seus raios poderiam cair sobre elas. Em seu lugar, seu pai Geb ficaria zelando por elas.

Como proteção adicional contra elas, Rá prometeu transmitir aos mágicos e encantadores de serpentes a palavra particular de poder, *hekau*, com a qual ele se protegia contra os ataques de serpentes, e também transmiti-la a seu filho Osíris. Assim, aqueles que estão prontos para ouvir as fórmulas dos encantadores de serpentes sempre serão imunes às suas picadas, e seus filhos também. Disso podemos deduzir que a profissão de encantador de serpentes é muito antiga, e que essa classe de mágicos devia a fundação de seu ofício a um decreto do próprio Rá.[21]

---
21 BUDGE, E. A. W. *Legends of the Gods: The Egyptian Texts*. Gutenberg. Disponível em: <https://www.gutenberg.org/ebooks/9411>. Acesso em 21 jan. 2022.

Em seguida, Rá mandou chamar o deus Thoth, e, ao encontrá-lo, o convidou para ir com ele para um lugar chamado "Duat", ou seja, o submundo, no qual ele havia determinado que sua luz brilharia. Ao chegarem lá, ele disse a Thoth, o Escriba da Verdade, para escrever em suas tábuas os nomes de todos os que estavam ali e para punir aqueles que haviam pecado contra ele, e delegou ao mesmo deus o poder de tratar, absolutamente como ele desejasse, todos os seres do Duat. Rá detestava os ímpios e preferia ficar longe deles. Thoth seria seu vigário, ficando em seu lugar, e "Lugar de Rá" seria seu nome.

Tendo falado com os outros deuses, Rá convocou Thoth e o instalou como seu representante divino. Rá também abraçou Nun e disse ao deuses que ascendiam no céu oriental para louvar Nun como o deus mais velho de quem ele, Rá, se originou. Terminando a criação, disse:

— *Fui eu que fiz o céu e o coloquei no lugar para instalar o ba dos deuses nele, para que eu esteja com eles na recorrência eterna [do tempo] produzido ao longo dos anos. Meu ba é mágico. É ainda maior do que isso.*

Por tudo que a Humanidade fez, Rá não apenas se afastou, mas também decidiu diminuir o tempo de vida dos humanos.

— Eles fizeram guerra, eles criaram turbulência, eles fizeram o mal, eles criaram a rebelião, eles fizeram massacres, eles criaram prisões. Além disso, reduziram o valor de tudo que eu fiz. Mostre grandeza, Thoth. — disse Rá. — Você não verá [mais] transgressão, você não precisará tolerar [isso]. Encurte seus anos, encurte seus meses, porque eles causaram danos ocultos a tudo o que você fez.

O dia em que Thoth enganou o deus-lua Khonsu

Conta um mito que, dias antes de Rá deixar a Terra, sua grande sabedoria disse-lhe que se a deusa Nut tivesse filhos, um deles encerraria o legado de seu reinado entre os homens.[22] Então Rá lançou uma maldição sobre Nut: ela não poderia ter filhos em nenhum dia do ano.

Cheia de tristeza, Nut foi buscar a ajuda de Thoth, o deus da sabedoria, da magia e do aprendizado, filho de Rá, que a amava. Thoth, sempre muito sábio, encontrou uma maneira de fazê-la escapar da maldição do pai. Ele foi até Khonsu, o deus da Lua, e o desafiou para um jogo de dados, onde apostaram um pouco de luz a cada partida. Rodada após rodada, eles jogaram e sempre Thoth ganhava. As apostas aumentaram cada vez mais, e Khonsu acabou perdendo uma parte significativa de sua própria luz.

Por fim Khonsu não quis jogar mais. Então Thoth reuniu a luz que havia ganhado e a transformou em cinco dias extras, que foram adicionados ao fim do calendário. O ano, que era de trezentos e sessenta dias antes disso, passou a ter trezentos e sessenta e cinco, sendo que estes últimos, por terem sido adicionados posteriormente, não estavam inclusos nos planos do pai.

Mas, desde que jogou com Thoth, Khonsu, a lua, não teve luz suficiente para brilhar durante o mês inteiro, e passou a minguar, ficando na escuridão em alguns momentos, para em seguida crescer em sua glória total novamente. Assim surgiram as fases da lua.

---

22 Uma das variantes. Em outras, ele apenas se irrita com a gravidez e decide lançar a maldição.

No primeiro desses dias que foram acrescentados ao ano, nasceu Osíris, o filho mais velho de Nut, e Hórus, o Velho, no segundo.[23] No terceiro dia nasceu Set, o senhor do mal. No quarto dia, sua filha Ísis viu a luz pela primeira vez, e sua segunda filha, Néftis, no quinto. Desta forma, a maldição de Rá foi cumprida e derrotada: pois os dias em que os filhos de Nut nasceram não pertenciam, na teoria, ao ano.

O reino de Shu

Ao se retirar, Rá deixou seu filho, Shu, em seu lugar, reinando como deus dos céus, da Terra, do Duat, da água e do vento. Ele terminou de fazer alguns ajustes no trabalho do pai: quando o ar esfriou e o solo ficou seco, Shu ergueu cidades e fundou nomos (as regiões administrativas do Vale do Nilo e do Delta), defendeu as fronteiras do Egito e construiu templos no norte e no sul. Tudo ia bem, exceto pela sua relação com seu filho, Geb. Os dois viviam em uma estado de conflito permanente e Geb só causava problemas. Uma vez, Geb se transformou em um javali e engoliu o Olho de Rá, que permaneceu com Shu para protegê-lo. No entanto, Geb negou ter feito isto e o olho sangrou de sua pele como se fosse uma doença. Por fim, ele teve que ser colocado de volta no horizonte por Thoth; Geb então atacou Shu, e foi forçado a beber urina como punição.

Certo dia, Shu decidiu visitar seu pai, Rá, e invocou os deuses da Enéade para que o acompanhassem. Eles aceitaram e pouco depois estavam na casa terrena do antigo rei. A experiência não foi, entretanto, muito boa. Enquanto os deuses conversavam com Rá, os filhos de Apófis, rebeldes

---

23 Hórus, o Velho, é incluído em uma versão greco-egípcia do mito, mas não está presente em algumas outras variantes.

saqueadores do deserto, chegaram do Leste com a intenção de causar estragos. Seu objetivo não era conquistar território, mas causar a destruição e o caos do território pelo qual passavam. Ao ficar sabendo do que estavam acontecendo, Shu posicionou seus seguidores estrategicamente e logo uma batalha teve início. Em pouco tempo, o exército de Shu havia aniquilado os inimigos.

A sensação de vitória não durou por muito tempo: logo depois, uma revolução irrompeu no palácio, liderada por um bando de rebeldes. Oprimida, a terra caiu no caos e Shu, como seu pai, ascendeu ao céu, deixando sua esposa Tefnut para trás. Tefnut deixou Mênfis ao meio-dia para visitar um palácio mais seguro em outro lugar, e foi para Pekharety, uma cidade na Síria-Palestina. Geb, contudo, foi em busca de sua mãe e a trouxe de volta ao palácio.

Ninguém sairia do palácio até que o caos diminuísse e o tempo voltasse ao normal, o que não aconteceu durante nove dias. Por fim, Geb ascendeu ao trono de seu pai, e seus cortesãos beijaram o chão em sua presença. Geb então honrou o nome de seu pai na árvore sagrada de Heliópolis, que levava o nome de cada rei do Egito, inscrita por Thoth, e que também continha a duração de seus reinados.[24]

O reino de Geb

Pouco tempo após assumir o trono, Geb foi visitar a cidade de Iat-Nebes, seguindo o trajeto de seu pai pelo céu. Geb pediu aos deuses que lhe contassem tudo que se passou com Rá, que batalhas haviam acontecido e tudo que fosse relacionado a Shu.

---

24 SHAW, G. J. *The Egyptian Mythology: A Guide to the Ancient Gods and Legends*. Londres: Thames & Hudson, 2014. p. 73.

Eles então lhe contaram sobre a vitória sobre os filhos de Apófis e como ele usava um ureu — um adorno de serpente — vivo na cabeça. Geb, que até então não sabia disso, decidiu que o usaria também, como o pai fazia. Infelizmente, não seria tão simples assim: a serpente havia sido guardada em um baú, selada e escondida em algum lugar em Pi-Yaret. Primeiramente, seria necessário encontrá-la. O desafio não impediu o deus. Sem demora, ele organizou seus seguidores e eles partiram em busca do ureu vivo.

Geb e sua comitiva descobriram rapidamente a localização do baú, mas ao se inclinar para frente para abrir a tampa, o ureu saltou de dentro e soprou uma grande chama contra a comitiva. Os seguidores de Geb morreram instantaneamente, incinerados pela força do fogo. O rei sobreviveu, mas sofreu queimaduras graves na cabeça.

Cambaleando de dor, Geb pediu que seus seguidores trouxessem a Peruca de Rá, um item mágico, infundido de poder, considerado como o único objeto capaz de curar suas feridas. A peruca curou Geb sem demoras e, mais tarde, realizou mais milagres.

Curado e descansando, o próximo ato de Geb foi enviar uma força militar contra rebeldes asiáticos, trazendo de volta ao Egito muitos deles como prisioneiros. Ele então ouviu mais relatos do reinado de Shu, antes de pedir uma lista de todos lugares que Rá e Shu ordenaram que fossem construídos na Terra. A maioria dos locais haviam sido destruídos pelos filhos rebeldes de Apófis, então Geb ordenou que fossem reconstruídos. Milhões de assentamentos foram refundados e seus nomes foram registrados em grandes listas, testamentos das boas ações de Geb para o Egito.

Apesar de ser um bom governante, Geb resolveu abdicar do trono em nome de seu filho, Osíris, assim como Shu e Rá haviam feito antes dele. Assim, Osíris tornou-se rei, e uma nova era no reinado dos deuses começou.[25]

O reino de Osíris

A partir do momento que Geb abdicou do trono, a coroa do Egito passou a seu filho, Osíris. O deus estava relacionado à fertilidade, mas era também o comandante dos mortos. Aqui é importante salientar que, na antiga religião egípcia, os deuses não eram imunes à morte.

Rá coroou Osíris com a coroa atef, mas ela era tão quente que fez o deus passar mal. Foi um começo ruim para seu reinado, porém logo Osíris conquistou o povo e ganhou uma ótima reputação. Ele era um ótimo rei, muito benevolente e caridoso, e o Egito viveu um período de muita prosperidade.

O assassinato de Osíris

O assassinato de Osíris é o mito egípcio mais detalhado e coeso que se tem. Mesmo assim, as fontes não são abundantes e nenhuma fornece um relato completo dele. As únicas reconstruções completas da história vêm de relatos fornecidos pelos autores gregos Diodoro Sículo e Plutarco. Fontes do Antigo Egito não relatam muito sobre os acontecimentos, porque descrever a morte do deus em qualquer detalhe seria contra o decoro.

Além disso, como é comum na literatura egípcia, as versões variam muito dependendo da fonte, especialmente se levarmos em conta o fato de que o mito mudou ao longo dos milhares de anos de história egípcia. Para termos uma

---

25 SHAW, G. J. *The Egyptian Mythology: A Guide to the Ancient Gods and Legends.* Londres: Thames & Hudson, 2014. p. 76.

dimensão do intervalo de tempo em questão, basta pensar que a primeira evidência dele foi encontrada nos Textos das Pirâmides, inscritos nas paredes da pirâmide do Rei Unas, do Reino Antigo, isto é, há mais de 4.500 anos.

O mito começa assim:

Houve uma época em que o povo do Egito vivia um período muito bom, repleto de prosperidade e felicidade. Após se retirar, o deus-Sol, Rá, havia deixado seus sucessores, entre eles se encontrava Osíris, que então iniciou seu governo. O bom e poderoso rei nasceu para trazer alegria a todos. Ele era de fato muito generoso e não media esforços para ajudar seu povo: ensinava às pessoas como plantar as safras e irrigá-las usando as águas do rio Nilo todos os anos durante os períodos de cheia; como cortar o milho quando este estava maduro; como debulhar o grão na eira, secá-lo e moê-lo até virar farinha e fazer pão. Ele também lhes mostrava como plantar vinhas e transformar as uvas em vinho e os instruía a fazer leis e adorar aos deuses da forma correta.

Osíris era casado com sua irmã, a bela deusa Ísis, uma das mais sábias rainhas que o Egito poderia ter. Um dia, Osíris decidiu fazer uma longa viagem para ensinar esses mesmos dons a outros povos também.

Ísis ficou governando o Egito enquanto Osíris estava fora em sua missão. Ela pressentiu, entretanto, que seu outro irmão, Set, pudesse estar cultivando sentimentos de inveja e ódio por Osíris, chegando a temer até que ele pudesse estar planejando roubar o trono de seu irmão. Assim sendo, julgou adequado manter um olhar atento sobre Set, para rapidamente ficar sabendo caso ele tivesse más intenções.[26]

Na verdade, Set invejava Osíris e odiava Ísis. Quanto mais o povo amava e elogiava Osíris, mais Set era consu-

---
26 NARDO, D. *Egyptian Mythology*. New Jersey: Enslow Publishers, 2001.

mido pela inveja e mais forte ficava o desejo de matar seu irmão e governar em seu lugar. Ele, de fato, estava planejando derrubar seu irmão e roubar o trono, mas aguardava o momento adequado de fazê-lo.

Quando Osíris voltou de sua viagem, Set julgou ser o momento perfeito para agir. Fingiu, então, estar muito contente em reencontrar Osíris e o recebeu com os mais honrosos cumprimentos. Osíris não demorou para convidar todos a um pequeno banquete para comemorar seu retorno, como Set imaginara que aconteceria.

Chegando na comemoração, circulou entre os convidados mostrando a todos um baú lindamente decorado que alguém tinha recentemente construído exclusivamente para ele. Todos, inclusive Osíris, ficaram muito impressionados com o excelente artesanato da peça, que havia sido carregada para o banquete por alguns servos.

O que eles não imaginavam, entretanto, eram as verdadeiras intenções de Set com o baú. O deus, com a ajuda de 72 de seus amigos perversos e de Aso, a rainha do mal da Etiópia, haviam obtido secretamente as medidas exatas do corpo de Osíris e fabricado um baú onde ele caberia perfeitamente. O móvel era feito das madeiras mais raras e caras: cedro trazido do Líbano e ébano de Punte, na extremidade sul do Mar Vermelho, pois, com exceção da palmeira, nenhuma madeira cresce no Egito.[27]

Depois de todos já terem se deliciado com as bebidas e comidas, Set disse:

— Senhores, eu gostaria de lançar um desafio. Proponho que todos entrem, um de cada vez, neste baú. Quem couber

---

27 ANCIENT EGYPT: THE MYTHOLOGY. *The Story of Isis and Osiris*. Disponível em: < http://www.egyptianmyths.net/mythisis.htmhttp://www.egyptianmyths.net/mythisis.htm>. Acesso em: 22 jan. 2022.

perfeitamente dentro dele será o novo dono desta peça tão sofisticada!

Ansiosos por possuir aquele tesouro, cada convidado entrou no baú, mas nenhum cabia perfeitamente: um era muito alto e outro muito baixo; um era muito gordo e outro muito magro. E assim todos foram tentando, um a um, em vão.

Até que chegou a vez de Osíris.

— Deixe-me ver se caibo neste baú maravilhoso!

E entrou, cabendo perfeitamente, o que já era esperado.

— É meu! É meu!

— Sim, é seu, e será para sempre! — gritou Set.

Com um movimento rápido, Set bateu a tampa, prendendo Osíris dentro. E enquanto seus servos continham os

Osíris e Set.

convidados assustados, Set derramou chumbo derretido sobre o baú, selando-o completamente. Osíris tentou escapar, mas a magia perversa o manteve preso e ele morreu.

Os conspiradores carregaram o baú, que agora era um caixão, para o Nilo e o jogaram em suas águas.

— Finalmente me livrei daquele inútil e posso desfrutar do que deveria ter sido meu em primeiro lugar! Eu que mereço ser o rei!

Foi um momento sombrio para o Egito. Set reivindicou o trono de Osíris para si e exigiu que Ísis fosse sua rainha. Nenhum dos outros deuses ousou se opor a ele, pois ele havia matado Osíris e poderia facilmente fazer o mesmo com eles. Set era tudo que seu irmão não era: cruel, mesquinho e não se importava com o equilíbrio de Ma'at. A guerra dividiu o Egito e tudo ficou sem lei enquanto Set governava. Em vão o povo clamou a Rá, mas seu coração estava endurecido pela dor, e ele não quis ouvir.

Apenas Ísis não tinha medo de Set. Ao saber do que havia acontecido, ela havia ido em busca do corpo do marido para oferecer-lhe, ao menos, um funeral digno para que ele pudesse descansar em paz na vida após a morte. Depois de cortar o cabelo e vestir roupas pretas, conforme a tradicional maneira egípcia de luto, ela imediatamente vasculhou cada centímetro do Nilo na área em que os assassinos haviam despejado o baú, mas então ela percebeu que ele havia flutuado para o mar.

Calculando que as correntes oceânicas provavelmente estavam indo para o norte, Ísis foi até a Palestina em busca do baú e começou a perguntar a todos que encontrava por lá se alguém o tinha visto. Depois de algum tempo, soube que o baú havia sido visto flutuando perto da cidade portuária de Biblos (norte da Palestina).

Mesmo na morte, o corpo de Osíris reteve seu fortes poderes de fertilidade. As ondas haviam lançado o baú em uma árvore na praia e a árvore floresceu completamente da noite pro dia, tornando-se famosa na região.

Ao saber disso, o rei ordenou que a árvore fosse cortada e levada ao seu palácio para que a madeira fosse usada na construção de um pilar, sem fazer ideia de que os restos de um deus descansavam dentro do enorme tronco no interior de um baú.

Ísis, entretanto, sempre muito sábia, já suspeitava do que provavelmente havia acontecido. Habilmente, ela se disfarçou de simples serva e conseguiu entrar no palácio. Não precisou de muito tempo para que ela ganhasse a confiança dos reis e revelasse a eles sua verdadeira identidade. Ao ouvirem que o deus Osíris estava preso dentro de seu pilar, o rei e a rainha rapidamente ordenaram que ele fosse aberto. Dentro, ainda intacto, estava o baú de Osíris contendo seus restos mortais. Ísis, então, fez com que o baú fosse colocado em um navio que o rei forneceu para ela, e partiu para o Egito.

Ísis tentou evitar cidades e outros lugares populosos para que não chegasse a Set a notícia de que ela havia resgatado os restos mortais de Osíris. Levando o baú para um lugar isolado, ela usou algumas ferramentas de metal para abri-lo e olhou mais uma vez para o rosto do marido, que parecia estar apenas dormindo. Soluçando, ela o abraçou e então lacrou novamente o baú.

Uma noite, contudo, Set estava caçando pássaros nos pântanos do Nilo, como era de costume, quando tropeçou no baú que Ísis havia escondido entre os juncos. À luz da lua, logo reconheceu a arca onde havia colocado o corpo do irmão. Silenciosamente, Set abriu a caixa, removeu o cadáver e o levou para longe. Depois, ele cortou o corpo do irmão em pedaços e pediu que seus servos os escondessem por todo o território do Egito, na certeza de que, desse modo, Ísis nunca fosse conseguir encontrá-los.

Mas ele estava enganado. A deusa começou a busca novamente e, desta vez, ela tinha ajudantes, pois Néftis veio se juntar à sua irmã. Enquanto procurava pela terra, Ísis era acompanhada por sete escorpiões.

Ísis depois navegou pelos pântanos em um barco de papiro, em busca dos pedaços de seu marido. Depois de muitos anos de busca, as duas deusas encontraram todas as partes perdidas e Ísis foi capaz, com grande dificuldade, de juntá-las e de reconstruir o corpo de Osíris. Ela encontrou todas as partes do corpo, exceto seu pênis, que tinha sido comido por peixes do Nilo, então ela criou um substituto de barro.

Sobre a multiplicidade de versões nesse momento do mito, Garry Shaw comenta:

> *Plutarco relata nesse ponto que alguns mitos apresentam Ísis realizando um funeral separado para cada parte do corpo onde quer que ela tenha encontrado, explicando por que tantos locais reivindicam ser a tumba de Osíris. Outros mitos relatam que ela apenas fingiu enterrar partes do corpo nesses locais, a fim de receber mais honras divinas para o marido. Vários enterros também dariam o benefício adicional de prevenir Set de descobrir o verdadeiro túmulo do deus.*[28]

Já a versão de Diodoro é um pouco mais sucinta: segundo ele, Set cortou o irmão em 26 pedaços e deu uma parte a cada um de seus seguidores. Entretanto, Ísis e Hórus se vingam, matando Set e cada um que havia recebido um pedaço do

---

[28] SHAW, G. J. *The Egyptian Mythology: A Guide to the Ancient Gods and Legends.* Londres: Thames & Hudson, 2014. p. 88.

corpo. Ísis então recolhe todos os pedaços do corpo, mas se vê de frente a um problema: por um lado, seria uma boa ideia enterrar os pedaços em partes separadas, para que elas estivessem, assim, protegidas; por outro, se não houvesse um túmulo para Osíris, como as pessoas poderiam prestar suas homenagens a ele? Ela resolveu o dilema fazendo uma réplica de cera de todo o corpo faltante para cada pedaço, ou seja, cada parte teria um corpo inteiro e um túmulo próprio. Por esse motivo, também, muitos locais em todo o Egito reivindicam ser o verdadeiro lugar onde Osíris está enterrado.

Hórus é concebido

Após reconstruir o corpo de Osíris, Ísis conseguiu trazê-lo de volta à vida por uma única noite. O modo como ela ressuscitou Osíris difere dependendo da fonte.

Em uma versão, por exemplo, Ísis performa o ritual de Abertura da boca (ritual que era praticado por sacerdotes egípcios durante a mumificação para "despertar" os mortos para sua jornada na vida após a morte); em outra, Ísis bate suas asas para dar a Osíris o sopro da vida.

Então um flash de luz cortou a escuridão e naquela noite eles conceberam um filho, Hórus. Na manhã seguinte, Osíris partiu da Terra para sempre. Rá o tornou, então, o poderoso deus do submundo. O egípcio sabia, a partir dali, que se vivesse uma vida justa, sua alma seria bem cuidada no reino de Osíris.

O GRANDE HINO À OSÍRIS, ESTELA DE AMENMOSE[29]

Sua irmã era sua guarda: ela que afastava os inimigos e impedia qualquer tentativa de Set de fazer-lhe mal. Aquela que é esperta, cuja fala não falha, eficaz na palavra de comando, poderosa Ísis que protegia seu irmão, que o procurava sem se cansar, que vagava pela Terra lamentando, não descansando até ela o encontrar, que fez uma sombra com sua plumagem, fez vento com suas asas, que exultou, juntou-se a seu irmão, elevou o cansado a inércia de alguém, conseguiu fazer o que era inerte se mover, recebeu a semente, deu à luz o herdeiro...

Set tenta roubar o corpo de Osíris

Mesmo depois que o corpo de Osíris foi reconstruído, ainda foi necessário protegê-lo de Set por muito tempo. Conta-se que, a princípio, o deus Nut se deitou sobre Osíris para escondê-lo de seu inimigo, mas Set não desistiu tão facilmente. Anúbis ficara responsável por embalsamar o corpo de Osíris e, um dia, quando estava se aproximando do crepúsculo, Set descobriu a hora em que Anúbis deixaria o corpo sozinho no *wabet* (local de embalsamamento). Para evitar ser detectado, o deus trapaceiro se transformou em Anúbis e, assim, como planejado, os guardas não o reconheceram. Pegando o corpo de Osíris de dentro do *wabet*, ele navegou pelo rio, carregando o cadáver para o oeste.

Anúbis logo percebeu o que havia acontecido e, com os outros deuses, foi em busca de Set. Quando o encontraram, Set assumiu a forma de um touro numa tentativa de intimidar

---

29   SHAW, G. J. *The Egyptian Mythology: A Guide to the Ancient Gods and Legends.* Londres: Thames & Hudson, 2014. p. 92.

Anúbis (que tinha forma de chacal), mas seu plano não teve sucesso: Anúbis amarrou seus braços e pernas e cortou seu falo e seus testículos. Depois de derrotar o inimigo, colocou o corpo de Osíris em suas costas, e o levou de volta ao *wabet*.

Contudo, aquela não foi a única tentativa de Set de roubar o corpo do irmão. Em outro momento, ele se transformou em gato após atacar novamente o corpo de Osíris, mas foi capturado e marcado — criando, assim, as manchas do leopardo. Mais tarde, Set roubou o corpo de Osíris depois de se transformar mais uma vez em Anúbis. Como antes, ele foi capturado, mas desta vez foi condenado a passar o resto de sua vida como assento para Osíris. Obviamente, Set não tinha intenções de passar o resto da eternidade nessa forma e fugiu para o deserto, Anúbis e Thoth o perseguiram e o prenderam.

Os braços e pernas de Set foram amarrados e os deuses decidiram queimá-lo, na esperança de se livrar dele de uma vez por todas. Não demorou muito para que o cheiro de gordura queimada atingisse o céu, o que Rá e os deuses consideraram um odor agradável. Anúbis então esfolou Set e vestiu sua pele. O próximo passo de seu plano era encontrar-se com os seguidores de seu inimigo, imiscuindo-se entre eles na encosta de uma montanha até o anoitecer, e foi o que ele fez. Então, com um único golpe de sua lâmina, Anúbis cortou suas cabeças, deixando o sangue de seus corpos decapitados a escorrer pela encosta da montanha.

O corpo de Osíris finalmente pode ser levado para terminar o processo de embalsamento e para que fossem realizados os rituais funerários. A procissão funerária navegou ao longo do Nilo, e, embora todos vigiassem possíveis seguidores de Set, criaturas reptilianas que se transformavam em gado tentaram atacar no momento mais vulnerável. No entanto,

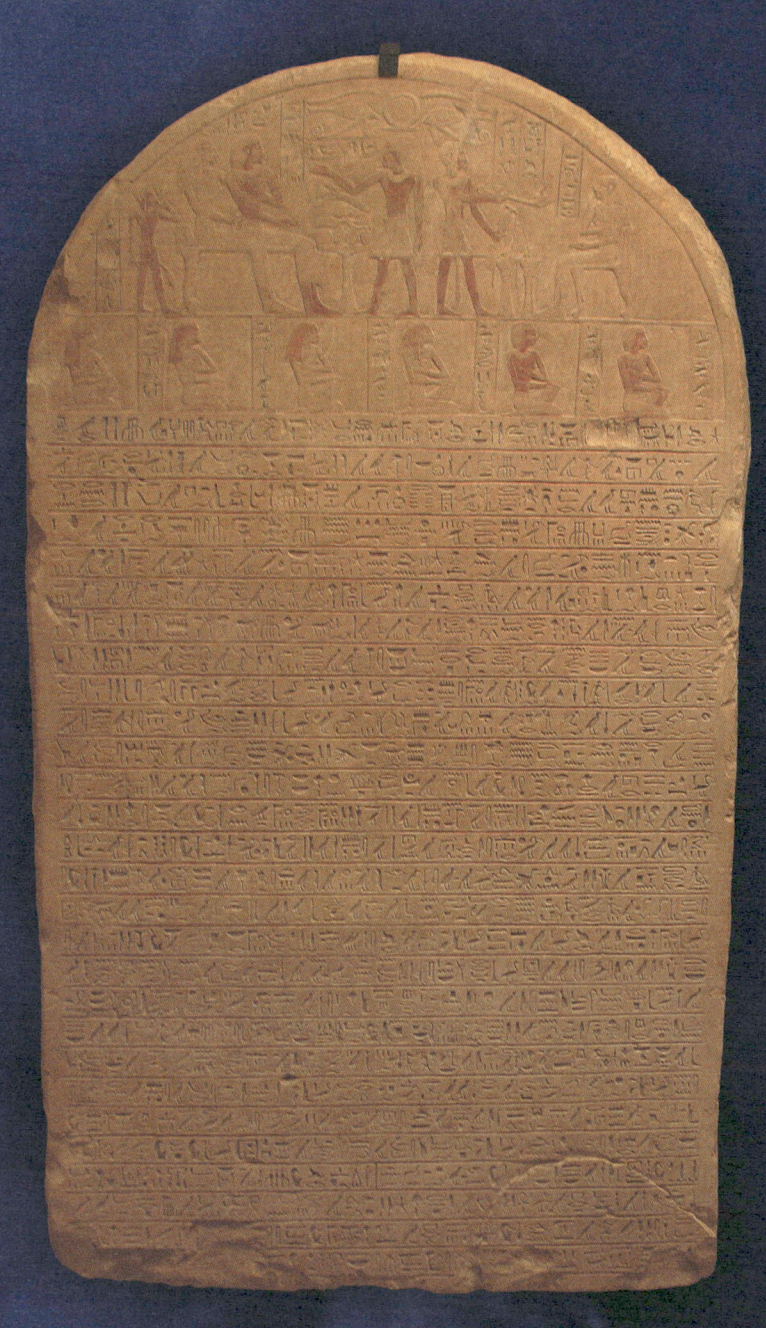

Estela de Amenmose, Louvre C286.

o cortejo funerário evitou-os com sucesso e continuou até Abidos, onde o funeral foi realizado.

A magia de Ísis só reviveu Osíris por uma noite. O deus não voltou ao mundo dos vivos, mas ao Duat, onde ele governou como rei dos mortos.

Osíris também se tornou uma força de regeneração, unindo-se ao deus sol enfermo no meio de cada noite, e enchendo-o com energia suficiente para subir no Leste cada manhã. Ele também estava no julgamento dos mortos, observando enquanto o coração do falecido era pesado contra a pena de Ma'at.[30]

Ísis e os 7 escorpiões

Em uma das versões, após dar à luz o seu filho Hórus, Ísis começou a tecer uma mortalha para colocar ao redor da múmia de seu marido, garantindo, assim, seu bem-estar na vida após a morte.

Thoth, o deus da sabedoria, percebeu que Ísis poderia estar em perigo e a procurou, avisando que era provável que Set tivesse planos de persegui-la e matá-la.

— Devo proteger meu filho em primeiro lugar, mas como? — disse ela. — Onde posso me esconder? Set conhece cada rocha, caverna e arbusto desta região. Ele com certeza nos encontrará.

— Não há motivo para desespero — respondeu Thoth. — Set não está familiarizado com certos pântanos localizados ao norte do delta do Nilo, e se vocês se esconderem lá, ele nunca conseguirá os encontrar.

---

[30] SHAW, G. J. *The Egyptian Mythology: A Guide to the Ancient Gods and Legends*. Londres: Thames & Hudson, 2014. p. 94.

Ele então a aconselhou que partisse, criasse seu filho e voltasse apenas quando Hórus já fosse um jovem capaz de assumir o trono que lhe era de direito. Para auxiliá-la, Thoth lhe deu sete escorpiões chamados Tefen, Masetetef, Petet, Tjetet, Matet, Mesetet e Befen, que juraram protegê-los.

A deusa disfarçou sua verdadeira forma e começou sua jornada. Três dos escorpiões — Petet, Tjetet e Matet — iam na frente de Ísis, mantendo um olhar atento para Set ou quaisquer outras presenças ameaçadoras; mais dois escorpiões, Mesetet e Mesetetef, caminhavam ao seu lado e os dois últimos, Tefen e Befen, ficavam na retaguarda. Felizmente, a viagem foi tranquila e nenhuma ameaça foi encontrada.[31]

Ísis já estava exausta e sentia muita fome quando chegaram na região que lhes havia sido recomendada ficar. Aproximando-se de um vilarejo, a deusa teve a esperança de que algum morador bondoso pudesse lhe oferecer um pouco de comida e alguma hospitalidade. Assim, a deusa tocou na casa de uma senhora aparentemente muito rica, que abriu a porta muito gentilmente.

Contudo, ao ver Ísis, que estava vestida de mendiga, e os escorpiões, a mulher se desesperou e bateu a porta, recusando qualquer ajuda à mãe e ao filho.

Ísis continuou o percurso até a casa de uma pobre pescadora que a recebeu calorosamente e convidou a deusa para entrar, oferecendo-lhe comida e abrigo.

— Insisto que vocês passem a noite aqui. Não temos muito, mas será o suficiente para que descansem e possam continuar sua jornada amanhã.

No entanto, os escorpiões não estavam dispostos a esquecer como a mulher rica os havia tratado, e decidiram

---

[31] ANCIENT EGYPT ONLINE. *Isis and the Seven Scorpions*. Disponível em: <https://ancientegyptonline.co.uk/isisscor/>. Acesso em 23 jan. 2022.

voltar à sua casa e lhe dar uma lição. Para isso, combinaram todo seu veneno em seu líder, Tefen, e ele, sorrateiro, invadiu o cômodo onde o bebê da mulher se encontrava e o picou.

Atormentada, a mulher rica saiu correndo com o corpo inchado de seu filho pelas ruas, procurando desesperadamente por ajuda. Todo mundo tinha medo dos escorpiões e dos seus venenos, por isso, todos os habitantes da cidade lhe negaram ajuda, assim como ela havia feito recentemente com a outra mãe e seu filho em necessidade.

Desesperada, a mulher se jogou no chão, com o menino em seus braços.

— Meu filho! O que será de você agora?

Ísis logo soube o que havia acontecido. Apesar de ter sido tratada de forma tão rude, ela foi até a mulher e lhe disse:

— Não tema. Eu sou a deusa Ísis. Dê-me seu filho e eu o curarei.

Ainda muito espantada, a mãe entregou a criança a Ísis, que, proferindo vários encantos e recitando o nome de cada escorpião, pediu que eles retirassem o veneno. No início, o corpo do menino permaneceu mole e pálido, mas, aos poucos, sua cor começou a voltar, sua respiração tornou-se normal e ele abriu os olhos.

A mulher rica foi tomada pelo remorso ao perceber que tinha esnobado uma deusa enquanto uma pobre mulher a havia convidado para ficar em sua casa. Para se redimir do modo como havia agido, ela doou grande parte de seu ouro e suas jóias para a pobre mulher pescadora.

No final, tudo deu certo. Ísis conseguiu fugir de Set e criar Hórus; a pobre camponesa conheceu os confortos materiais e a mulher rica aprendeu o valor da gentileza.[32]

---

32 NARDO, D. *Egyptian Mythology*. New Jersey: Enslow Publishers, 2001.

A vingança de Hórus

Nesta segunda parte do mito de Osíris, Hórus, seu filho, cresce e decide vingar-se pela morte do pai. Ainda que Hórus tenha recebido diferentes atributos ao longo do tempo e das diferentes regiões no Egito Antigo, sua característica principal sempre foi ser filho de Osíris.

Além de ser conhecido como "O Vingador", ele também era chamado de "Aquele que está acima", porque as pessoas geralmente o imaginavam como um deus-falcão que sobrevoava os céus. Ele aparece nas estátuas e pinturas egípcias sobreviventes com frequência como um pássaro magnífico que usa a coroa branca do Egito, que simboliza sua associação com os deuses-reis vivos. Como sempre, existem muitas versões da história.

Uma delas começa assim:[33]

Após se ver livre de seu irmão, por quem sentia tanta inveja, Set imaginou que reinaria tranquilamente, sem grandes empecilhos, por muito tempo. Ele não tinha nenhuma suspeita de que Ísis pudesse ter tido um filho e muito menos que este tivesse qualquer intenção de clamar o trono para si.

Apesar de todo apoio divino, o pequeno Hórus encontrou muitas dificuldades na infância, algumas mais e algumas menos dramáticas, especialmente relacionadas a dores físicas e pesadelos.

— Venha para mim, minha mãe Ísis! — ele disse. — Olhe, eu vejo algo que está longe de mim, em minha própria cidade!

Ísis respondeu:

---

[33] NARDO, D. *Egyptian Mythology*. New Jersey: Enslow Publishers, 2001.

— Veja, meu filho Hórus. Revele o que você viu para que sua mudez acabe, para que suas aparições em sonho retrocedam! Um fogo saltará contra aquilo que o assustou. Veja, eu vim vê-lo para que eu possa expulsar seus vexames, para que eu possa aniquilar todas as doenças. Que você tenha um bom sono! Que a noite seja vista como dia! Que todas as doenças graves causadas por Set, o filho de Nut, sejam expulsas! Vitorioso é Rá sobre seus inimigos, vitoriosa sou eu sobre meus inimigos.

(PAPIRO de Chester Beatty I)
Hórus também tinha dores físicas, muitas vezes causadas por demônios ou vermes, que podiam entrar em seu corpo em qualquer ocasião, até mesmo quando estava mamando. Uma vez, um desses demônios fez com que seu coração se cansasse e seus lábios ficassem lívidos. Em outras ocasiões, a dor se manifestava em enxaquecas ou queimaduras. Hórus também podia ter problemas de menor importância, como ter seu gado incomodado por animais selvagens, incluindo leões, chacais e hienas.

Hórus, o Menino, está no ninho. Um fogo caiu em seu corpo. Ele não sabe disso, e vice-versa. Sua mãe não está presente, quem poderia conjurá-lo. O menino era pequeno, o fogo era poderoso. Não havia ninguém que pudesse salvá-lo disso. [...]
(PAPIRO 10059 Museu Britânico)

Mas Hórus cresceu e se tornou um jovem forte e valente. Quando julgou ser o momento adequado, ele convocou os deuses da Enéade e, acompanhado de uma série de outras divindades, pediu que analisassem sua reivindicação ao trono, já que ele pertencera uma vez a seu pai.

Diante dos deuses, incluindo sua mãe, Ísis, que também estava presente, Hórus recontou a história de como Set matara cruelmente Osíris e usurpara injustamente a realeza. Então, tendo apresentado seu caso, Hórus exigiu que ele tivesse o que lhe era de direito: o trono do Egito. Impressionados, todos os deuses estavam de acordo que o trono deveria pertencer ao jovem. Ísis ficou muito emocionada e não tardou em instruir o vento norte para levar as boas novas direto para Osíris no Submundo. Entretanto, um fator inesperado aconteceu. O deus Rá, que também estava presente, não estava de acordo.

— É uma pena que Hórus tenha perdido o trono para Set, e lamento muito por isso. Contudo, acredito que Set seja muito mais forte que ele, e me parece certo que o trono deva pertencer a quem tiver mais força.

Todos ficaram muito espantados com aquela fala, pois ninguém esperava por nada assim. A maior surpresa, entretanto, foi quando o próprio deus Set se virou e disse:

— Se Hórus quer me desafiar, deixe-o lutar comigo diante dos deuses reunidos. Eu irei facilmente destruir este insignificante ser!

Thoth, o deus da sabedoria, tentou interferir, alegando que, por se tratar de um direito de Hórus, uma vez que ele era filho legítimo de Osíris, todo aquele cenário não fazia sentido. Mas foi em vão. Rá estava decidido a apoiar Set, e o impasse durou longos oitenta anos.

Finalmente os deuses concordaram em pedir a Thoth, que era o escriba divino, que escrevesse uma carta para a velha deusa-mãe Neith, pedindo-lhe sua opinião. Então ela respondeu:

— Permitir que Set siga no trono seria uma ofensa à justiça. Você deve dar a Hórus o que é dele por direito, ou então o céu desabará! Mas, ao mesmo tempo, não seria justo deixar Set sem nada. Dê duas das filhas de Rá, Anat e Astarte, para Set em casamento. Isso deve ajudar a compensá-lo.

Mesmo as palavras comedidas de Neith pareceram não ter efeito em Rá, que seguiu irredutível, defendendo que Set deveria permanecer no trono. Irritado, o deus-Sol começou a insultar Hórus, chamando-o de fraco e mesquinho.

Ao ouvir isso, o deus Baba, espantado, abriu espaço entre a multidão e vociferou:

— Falas isso, mas teu templo está vazio.

As palavras de Baba feriram Rá como a picada de uma serpente. Ele sabia bem o que aquilo queria dizer: ninguém mais o levava a sério, acreditavam que ele estivesse senil e isso fosse motivo de deboche — fora essa, inclusive, a razão que o motivara a deixar a Terra. Extremamente irritado, o deus-Sol se retirou, recusando-se a falar com qualquer um nas horas seguintes.

O medo, contudo, começou a tomar conta dos deuses quando lhes veio à mente a ideia de que talvez Rá desistisse de remar em sua barca solar e, assim, os dias fossem extintos da Terra. Algum tempo depois, conseguiram convencer Rá a sair. Seu humor melhorou e eles puderam retomar o assunto. Desta vez, porém, a briga pareceu ainda mais tensa.

Set afirmou que ele seria a escolha lógica, porque, como Rá havia dito antes, ele, Set, era o mais forte dos dois. Além disso, argumentou que, a cada dia que Rá navegava em seu barco abaixo do horizonte, ele viaja pelo submundo e corria o risco de ser atacado pelo malévolo deus-cobra, Apófis, que tentava matá-lo. Só ele, protetor dos deuses, com seu cetro de poder, seria capaz de salvá-lo.

A opinião dos deuses ficou dividida: por um lado, era inegável que o argumento de Set fosse válido; por outro, também parecia claro que, por direito, o trono deveria pertencer ao filho de Osíris.

Set então gritou, tomado de raiva:

— Seus covardes chorões! Irei lhes ensinar da maneira mais difícil quem é o deus mais forte de todos! Se não aceitarem minhas exigências, usarei meu cetro para espancar cada um de vocês até a morte todos os dias. Além disso, nunca reconhecerei a decisão de qualquer tribunal do qual Ísis faça parte.

E Rá aceitou suas condições. Decidiram, então, prosseguir com o assunto em alguma das ilhas do Nilo. Rá acrescentou que nenhuma mulher parecida a Ísis poderia se aproximar do local. Porém Ísis, a deusa da sabedoria — aquela que já havia recuperado pedaços do corpo do marido que estavam perdidos por todo o Egito, ressuscitando-o por uma noite — era inteligente demais para não se esquivar dessa imposição. Com facilidade, ela se disfarçou de velha e ofereceu a Nemty, o barqueiro, um anel de ouro se ele remasse o barco para ela. Completamente enganado, ele fez o que ela pediu.

Finalmente, chegaram às margens da ilha. Mudando agora sua forma para a de uma bela jovem, ela começou a fingir que chorava. Logo, Set se aproximou dela e lhe perguntou o que havia acontecido, e se poderia ajudar aquela bela jovem de alguma forma.

Ísis, disfarçada, lhe explicou como seu marido, um pastor, havia morrido recentemente, e seu filho, conforme a lei e os costumes, ficara encarregado de seu gado. Entretanto, um estranho arrogante havia aparecido, expulsando seu filho e reivindicado todo o gado para si.

— Que canalha! — disse Set indignado.— Não tema. Providenciarei que esse homem seja punido e que seu filho recupere sua herança legítima.

Ísis então começou a rir e, enquanto se virava, disse:

— Exatamente como eu pensava! Você acabou de se condenar, Set, porque o caso que citei era completamente idêntico ao que você está disputando com meu filho, Hórus!

O erro de Set lhe custou muito. Os deuses, que estiveram assistindo a tudo, haviam finalmente decidido em favor de Hórus, e logo o filho de Osíris foi coroado rei do Egito.

Ainda assim, Set não aceitou a decisão dos deuses. Virou-se para Hórus e afirmou que se ele realmente fosse digno da realeza, deveria ser capaz de enfrentar e superar qualquer desafio. Assim sendo, o desafiou a enfrentá-lo em um combate mortal, no qual o vencedor sairia rei do Egito.

Ansioso para provar a si mesmo, Hórus aceitou o desafio, e uma série de duelos teve início. No primeiro, os dois deuses se transformaram em enormes hipopótamos e mergulharam nas profundezas do rio, onde sua batalha produziu ondas gigantes.

Tentando ajudar seu filho, Ísis rapidamente formou um arpão de cobre e, na esperança de matar Set com a arma, atirou-a na água. Infelizmente, em vez disso, atingiu Hórus! Depois de usar seus poderes mágicos para remover o arpão de seu filho, Ísis o lançou novamente, desta vez conseguindo acertar em Set.

Set, indignado, questionou como Ísis poderia tentar machucar seu próprio irmão. A deusa não compreendeu o questionamento, visto que, pouco tempo atrás, Set havia matado, de fato, seu irmão Osíris. Contudo, Ísis sentiu pena do irmão e o ajudou. Hórus, por sua vez, tomado de raiva, decepou a cabeça da mãe e sumiu. Os deuses, horrorizados, conseguiram reestabelecer a forma original da deusa e foram em busca de seu filho.

Set foi o primeiro a encontrar Hórus, deitado dormindo sob uma árvore. Sem perder tempo, Set saltou sobre seu sobrinho, arrancou seus olhos e os enterrou no deserto. Desta vez foi a adorável deusa Hator quem interveio em nome de Hórus, esfregando suas órbitas vazias com o leite de uma gazela, o que fez seus olhos voltarem a crescer.

Set desafiou Hórus novamente para um duelo: desta vez, uma corrida em barcos de pedra, e quem vencesse a corrida também conquistaria a realeza. Hórus construiu seu navio de cedro e o engessou para se parecer com um barco de pedra, o que ninguém percebeu. Set, por outro lado, removeu o topo de uma montanha e esculpiu seu navio nela. A Enéade se juntou ao longo da costa para assistir Set lançar seu navio, mas assim que ele tocou a água, o barco afundou. Set, muito irritado, se transformou em um hipopótamo e afundou a embarcação de Hórus. Por sua vez, Hórus pegou um arpão e o arremessou em Set. Neste momento, foi exigido que os dois parassem. Hórus então navegou com seu navio danificado para Saís para falar com Neith, reclamando que era hora de o julgamento ser finalmente feito porque o caso se arrastava por oitenta anos. Thoth então sugeriu a Rá que uma carta fosse escrita a Osíris, para que ele pudesse escolher entre Hórus e Set.

Finalmente, depois de muitos outros combates e lutas, Osíris, Senhor do Submundo, resolveu a disputa de uma vez por todas. Em uma carta ao tribunal divino, ele alertou o irmão de que nunca deveria ter interferido no que era, por direito, de seu filho, pois no submundo havia serpentes e outras criaturas terríveis que ele poderia soltar para destruir a superfície da Terra. Além disso, uma vez que Set passasse para a vida após a morte, estaria sobre seu poder e sua ira.

Esses argumentos pareceram, por fim, convencer todos. O trono do Egito então passou a Hórus, e mesmo depois que seu reinado terminou, ele permaneceu no trono como uma força habitando em cada faraó vivo, para sempre. Set, por sua vez, foi levado pelo deus Rá aos céus. Desde então, acredita-se que os trovões sejam sua voz.[34]

Variantes da vingança de Hórus

I) O nome secreto de Rá

Em uma outra versão do mesmo mito, Ísis, grávida, foge de Set e decide se esconder em uma área onde pensava que não poderia ser encontrada. Ela foi para os pântanos, onde deu à luz seu filho, Hórus, e o manteve escondido por muito tempo. Entretanto, um dia, ela deixou seu filho para ir em busca de comida e, ao voltar, o encontrou quase morto: Set havia descoberto seu paradeiro, se transformado em uma cobra venenosa e picado a criança.

Ísis pediu ajuda aos deuses, e Thoth lhe garantiu que os poderes de Rá resolveriam as coisas e que o bem triunfaria sobre o mal. Então a barca solar parou e a Terra caiu na escuridão. Thoth garantiu a Ísis que a terra permaneceria na escuridão, que os poços secariam e que as colheitas estariam perdidas até que Hórus fosse curado. Enquanto isso, ele expeliu o veneno do corpo de Hórus e curou a criança.

---

34 CLIFFS NOTES. *Summary and Analysis: Egyptian Mythology Osiris*. Disponível em: < https://www.cliffsnotes.com/literature/m/mythology/summary-and-analysis-egyptian-mythology/osirishttps://www.cliffsnotes.com/literature/m/mythology/summary-and-analysis-egyptian-mythology/osiris>. Acesso em: 24 jan. 2022.

A partir daí, Hórus tornou-se o representante do deus-Sol na Terra e deveria proteger o povo do mal, do contrário, a *Ma'at* não conseguiria ser estabelecida e o mundo entraria em colapso.

O jovem Hórus permaneceu escondido até que se tornasse adolescente e já estivesse apto a enfrentar Set para reivindicar o que lhe era de direito: o trono do Egito.

Enquanto Hórus crescia, o deus do sol, Rá, envelhecia. Ele envelheceu tanto, que já estava até babando! Ísis pegou a saliva que caiu no chão e a modelou em uma serpente. Ela então colocou a serpente no caminho que Rá percorria diariamente no céu e ela mordeu o deus. Visto que o sol não havia feito a serpente, ele não poderia se curar. Desesperado, Rá se voltou para Ísis em busca de ajuda, mas a deusa disse que não poderia fazer nada a menos que ele revelasse seu nome secreto para ela. Os egípcios acreditavam que além do nome pelo qual somos chamados, temos um nome secreto. Conhecer esse nome significa ter controle sobre o poder dessa pessoa ou criatura. Rá, entretanto, percebeu que essa era a única maneira de se curar. Ele se escondeu dos outros deuses e revelou-lhe seu nome secreto. Ísis foi proibida de revelá-lo a qualquer pessoa, exceto a seu filho Hórus. O Olho de Rá — o poder supremo do deus criador — foi assim dado a Hórus e, subsequentemente, a todos os faraós ao longo dos tempos. Ele então se tornou conhecido como o Olho de Hórus.

Hórus e Set discutiram sobre quem seria o governante legítimo do Egito divinamente nomeado. Durante a batalha feroz que se seguiu, Hórus castrou Set, e Set arrancou o olho fraco de Hórus, a lua. Um tribunal dos deuses foi instaurado para resolver a disputa, e decidiram que Hórus deveria governar o Baixo Egito e Set deveria governar o Alto Egito.

Entretanto, mais tarde, percebeu-se que isso seria impraticável, então Hórus foi nomeado rei das Duas Terras do Egito, e Set assumiu o papel de defensor de Rá, ficando na proa da barca solar. Hórus se tornou o deus da realeza, e os faraós se consideravam seus descendentes.[35]

O tema da mutilação é posto em evidência nesta versão. Sobre ele, Shawn Garry comenta:

> *Os Textos das Pirâmides também fazem referências repetidas aos ferimentos sofridos por Hórus e Set durante suas lutas. Os testículos de Set, símbolo de sua potência sexual, são trazidos de volta a ele por um mensageiro, enquanto os olhos de Hórus, representando sua clareza de visão, são devolvidos da mesma forma. Até Thoth é ferido: seu braço precisa ser restaurado. Em outro feitiço, Set leva o olho de Hórus para o lado leste do céu. Os deuses então voam através do Canal Sinuoso em uma das asas de Thoth para interceder em nome de Hórus a fim de que ele retorne. Set, então, arranca o olho de Hórus e o devora, mas Hórus eventualmente o leva de volta por meio de violência ou petição. Os Textos dos Sarcófagos descrevem Osíris como se estivesse espremendo os testículos de Set para Hórus e, aparentemente, de acordo com uma fonte posterior, uma audiência legal foi realizada no Grande Palácio de Heliópolis a respeito do acontecido.[36]*

---

35 MUSÉE CANADIEN DE L'HISTOIRE. *The Divine Family*. Disponível em: < https://www.historymuseum.ca/cmc/exhibitions/civil/egypt/egcr10e.htmlhttps://www.historymuseum.ca/cmc/exhibitions/civil/egypt/egcr10e.html>. Acesso em: 24 jan. 2022.

36 SHAW, G. J. *The Egyptian Mythology: A Guide to the Ancient Gods and Legends*. Londres: Thames & Hudson, 2014.

II) O hipopótamo vermelho

Nesta versão, Set também encontra o baú resgatado por Ísis e espalha o corpo de Osíris pelo território do Egito. Como nas outras versões, a deusa consegue recuperar as partes e o traz à vida por uma noite, quando concebe seu filho Hórus. Depois disso, o espírito de Osíris passou para o reino dos mortos, onde governaria até a última grande batalha, quando Hórus mataria Set e ele voltaria à Terra mais uma vez.

Mas à medida que Hórus crescia, o espírito de Osíris o visitava com frequência e lhe ensinava tudo o que um grande guerreiro deveria saber. Um dia, Osíris perguntou ao filho:

— Filho, qual é a coisa mais nobre que um homem pode fazer?

— Acredito que vingar seus pais pelo mal que lhes foi feito, honrando assim seus nomes.

— E que animal é mais útil para o vingador levar consigo quando sai para a batalha?

— Um cavalo. — respondeu Hórus.

— Não seria melhor um leão nesse caso?

— Um leão seria, de fato, o melhor para um homem que precise de ajuda, mas um cavalo é melhor para perseguir um inimigo voador e impedi-lo de escapar.

Ao ouvir o filho, Osíris soube que Hórus já estava preparado para encarar a batalha contra Set. Assim, decidiram que subiriam o curso do Nilo com o exército até os desertos do Sul. O deus-Sol, Rá, veio ao auxílio de Hórus e lhe pediu que o deixasse olhar em seus olhos e ver o que estava por vir naquela guerra. Ele olhou nos olhos de Hórus e sua cor era a do Grande Mar Verde, quando o céu de verão o transformava em um azul profundo.

Enquanto olhava, um porco preto passou e distraiu sua atenção.

Hórus virou-se para olhar. O que ele não sabia é que aquele porco era, na verdade, Set, que havia mudado de forma.

Set mirou um golpe de fogo nos olhos de Hórus, fazendo o jovem gritar de dor. Ele soube naquele instante que se tratava de seu tio, mas este já havia fugido, e não podia mais ser alcançado.

Antes de retornar ao céu, Rá recomendou que Hórus fosse levado para uma câmara escura, e logo sua visão foi recuperada. Logo, o jovem partiu pelo Nilo à frente de seu exército.

Houve muitas batalhas naquela guerra, mas a última e a maior foi em Edfu, onde o grande templo de Hórus permanece até hoje em sua memória. As forças de Set e Hórus se aproximaram pelas ilhas e corredeiras da Primeira Catarata do Nilo. Set, na forma de um hipopótamo vermelho de tamanho gigantesco, surgiu na ilha de Elefantina e proferiu uma grande maldição contra Hórus e contra Ísis. Ele invocou as tempestades e desejou que um dilúvio caísse sobre os dois, o que aconteceu em poucos instantes. Hórus, contudo, se manteve firme, com seu próprio barco resplandecendo na escuridão, sua proa brilhando como um raio de sol.

Em sua forma de hipopótamo gigante, Set estava ocupando quase todo o rio Nilo, mas Hórus assumiu a forma de um belo jovem, com três metros e meio de altura. Sua mão segurava um arpão de nove metros de comprimento e uma lâmina de dois metros de largura na maior ponta. Esperando que a tempestade fosse destruir o barco do sobrinho, Set abriu as mandíbulas para devorá-lo, mas Hórus atingiu a cabeça do hipopótamo com seu arpão antes, matando-o com apenas um golpe. Assim, Set, na forma de hipopótamo vermelho, afundou, morto, no rio

Placa de ouro para a múmia de Psusenés I, relevo que representa o Olho de Hórus e seus quatro filhos, túmulo de Psusenés I. Foto de Marina Celegon.

Nilo. A tempestade passou, a enchente baixou e o céu ficou claro e azul mais uma vez. Então o povo de Edfu saiu para dar as boas-vindas a Hórus, o vingador, e conduzi-lo em triunfo ao santuário sobre o qual agora se encontra o grande templo. E eles cantaram a canção de louvor que os sacerdotes cantam desde então, quando o festival anual de Hórus é realizado em Edfu:

"Alegrem-se, vocês que moram em Edfu! Hórus, o grande deus, o senhor do céu, matou o inimigo de seu pai! Comam a carne dos vencidos, bebam o sangue do hipopótamo vermelho, queimem seus ossos com fogo! Que ele seja cortado em pedaços, e as sobras sejam dadas aos gatos e as vísceras aos répteis!"[37]

---

[37] ANCIENT EGYPT: THE MYTHOLOGY. *The Story of Isis and Osiris*. Disponível em: < http://www.egyptianmyths.net/mythisis.htmhttp://www.egyptianmyths.net/mythisis.htm>. Acesso em: 22 jan. 2022.

Considerações:

Ainda que não exista uma versão padrão do mito de Osíris, e, sim, diferentes versões conflitantes, a história costuma estar dividida basicamente em duas partes, com a morte e ressurreição de Osíris na primeira, e seu filho, Hórus, lutando contra Set na segunda. Curiosamente, apesar das numerosas referências ao assassinato de Osíris, raramente é descrito o momento ou como Set mata o irmão. Isso talvez se dê devido ao fato de os egípcios acreditarem que as palavras escritas tinham o poder de afetar a realidade ou que isso fosse contra o decoro religioso.

O mito é envolto em um simbolismo complexo, que abarca os principais conceitos egípcios de realeza e sucessão; Ma'at e caos; e morte e vida após a morte. Ele também expressa o caráter essencial de cada uma das quatro divindades principais para a história, ou seja, as principais características do mito são em grande parte morais, retratando a luta eterna entre os poderes do bem e do mal.

Osíris é bondoso, destemido, gentil, um benfeitor da humanidade, enquanto Set é medroso, tortuoso, cheio de inveja e ódio, estéril, e nunca está em paz. Osíris comanda a lealdade eterna, enquanto Set fica abandonado quando sua sorte se esgota. Osíris pode contar com a ajuda dos deuses nas dificuldades, enquanto Set tem que contar apenas consigo mesmo. Por último, a bondade leva à ressurreição e a um lugar de honra no outro mundo, mas o mal leva apenas a um exílio desprezado.

Algumas figuras do mito de Osíris também podem ser interpretadas como características físicas do próprio Egito. Osíris representaria, assim, o Nilo com sua enchente anual; Ísis, a terra fértil em torno do rio; Set representaria o deserto árido que separa o Nilo da terra fértil, enquanto

Néftis representaria as áreas marginais entre as terras agrícolas e o deserto.

Entender o mito sob essa perspectiva naturalista poderia indicar que os deuses simbolizassem as forças da natureza — terra, céu, ar, umidade, o sol. Osíris tem um corpo mortal e morre como qualquer homem, o que poderia estar relacionado à morte anual e renascimento da vegetação, ainda que mais provavelmente isso esteja ligado à ideia da imortalidade da alma.[38]

O fim do reinado dos deuses e os faraós

Após finalmente derrotar Set, Hórus reinou o Egito por trezentos anos. Ele foi um bom rei e conseguiu vingar seu pai, destruindo tudo e todos que em algum momento estiveram relacionados ou apoiaram Set. Por fim, nenhuma lembrança de Set restou.

Depois de Hórus, o trono foi herdado por Thoth, que reinou por 7.726 anos. O próximo reinado pertenceu a Ma'at, depois a 11 semideuses e, finalmente, a deuses humanos. E é assim que a lenda conta que chegamos à era dos faraós.

História e mito se entrelaçam de uma forma muito interessante nesse momento. O faraó no antigo Egito era o líder político e religioso do povo e tinha os títulos de "Senhor das Duas Terras" e "Sumo Sacerdote de Todos os Templos". Contudo, o título honorífico de "faraó" para um governante

---

38 CLIFFS NOTES. *Summary and Analysis: Egyptian Mythology Osiris*. Disponível em: < https://www.cliffsnotes.com/literature/m/mythology/summary-and-analysis-egyptian-mythology/osirishttps://www.cliffsnotes.com/literature/m/mythology/summary-and-analysis-egyptian-mythology/osiris>. Acesso em: 24 jan. 2022.

não apareceu até o período conhecido como Império Novo (c. 1567-1085 AEC); os monarcas das dinastias anteriores ao Império Novo eram tratados como "Vossa Majestade"

Os antigos faraós egípcios eram considerados divindades e também governantes mortais. Ao longo das mais de 30 dinastias, especula-se que cerca de 170 ou mais governantes reinaram sobre o Egito durante um período de três mil anos.

Em vida, cada rei era entendido como um Hórus, sentado em seu trono e possuindo a herança de Geb. Ele também era filho de Rá e deveria agir como representante do deus-Sol, encarregado de garantir a estabilidade do mundo, assim como Rá havia feito pessoalmente no início dos tempos. O rei também podia ser entendido como a união de uma mãe humana e um deus, mas ele só se tornava divino após a sua coroação.

Quando um rei morria, a realeza continuava, ela apenas passava a habitar o corpo do próximo governante. Desta forma, o rei não era exatamente um deus nem um humano: era uma esfera da existência divina que permitia a manifestação da realeza do espírito de Hórus para governar o povo Egípcio. Ele estava, portanto, abaixo dos verdadeiros deuses, mas acima da humanidade.

Estando neste papel, era dever do Faraó construir grandes templos e monumentos celebrando suas próprias realizações e homenageando os deuses da terra que lhe deram o poder de governar nesta vida e o guiariam na próxima. O faraó também organizava cerimônias religiosas, fazia as leis, possuía todas as terras do Egito, coletava impostos, travava guerras ou defendia o país contra possíveis ataques.

Apesar de sua óbvia e atestada existência real, com toda sua fragilidade humana e caráter pessoal que isso implica, o faraó existia também como uma figura mitológica. Nos mitos que ficariam para a posteridade, ele havia sido sempre muito astuto e corajoso, suas decisões haviam sido perspicazes e perfeitas, sua aparência sempre jovem e forte. Seus atos sempre foram bem-sucedidos, ele sempre fora austero e piedoso. Este faraó mitológico ideal estava representado nas paredes na maioria dos templos, ferindo os inimigos do Egito ou fazendo cerimônias religiosas aos deuses. Nos túmulos nobres e nas estelas reais, podia-se ler sobre suas ações perfeitas, as histórias de como estavam sempre certos e tomavam as melhores decisões. Apesar do fato do rei ser, na verdade, um ser humano falível, a ideia do faraó mítico estava sempre presente e era quase imutável: era, sem dúvidas, um conforto e uma esperança de ordem em um mundo imprevisível.

A transferência da coroa para os humanos não significou, de nenhuma forma, o fim da existência dos deuses ou da relação que eles teriam com os seres humanos. As divindades teriam decidido se retirar da Terra e passar a habitar outro plano, mas seguiam se manifestando e supervisionando as forças da natureza e do homem, de modo que a mitologia permaneceu ativa em todos os aspectos da vida diária. Em outras palavras, eles haviam se retirado, mas nada havia mudado em sua relação ou papel no cosmos: seguiam se manifestando normalmente.

A mitologia estava presente em toda a cultura egípcia antiga. Os textos que tratam sobre os mitos dos deuses *per se* — pelo menos suas primeiras fontes — já existiam no Império Antigo. A partir de certo momento, começa-se a narrar sobre os humanos também, passando, assim, a haver o desenvolvimento da lenda com um maior enfoque em **contar histórias** do que em **expressar relações**, como tínhamos até então. No segundo caso, o das narrativas, é como se a mitologia fosse a tinta usada para pintar um quadro, enquanto no primeiro, ela fosse o quadro em si. De qualquer uma das perspectivas, ela é essencial para entendermos melhor como o antigo povo egípcio entendia o mundo e a sociedade em que vivia.

PARTE II
CONTOS E LENDAS

"O Império Médio do Antigo Egito (circa 2055 AEC – 1786 AEC) viu o início de uma escrita mais formal e madura, considerada a idade clássica da literatura egípcia. Com uma escrita ficcional mais aprofundada, passam a registrar suas ponderações e seus entendimentos sobre como a vida pode ser profunda e complexa, talvez reflexos das guerras civis do Primeiro Período Intermediário." [39]

A lenda de Sinuhe

A lenda de Sinuhe é considerada uma das obras mais relevantes da literatura egípcia, além de ser uma das formas mais antigas de narrativa fictícia. Trata-se de um conto que se passa na sequência da morte do Faraó Amenemés I, fundador da XII Dinastia do Egito, no início do século XX AEC. O conto deveria representar as aventuras do mensageiro Sinuhe copiadas das inscrições de seu túmulo, mas até hoje os estudiosos ainda não têm certeza se Sinuhe existiu ou não de fato.[40] De qualquer forma, sabe-se que os governantes e locais descritos eram autênticos e as diferenças culturais descritas também eram precisas. Não se sabe a quem creditar a obra, mas devido à natureza universal dos temas explorados no conto, incluindo a providência divina e a misericórdia, seu autor anônimo já foi chamado de o "Shakespeare egípcio". Os manuscritos são em escrita hierática, uma espécie de escrita cursiva que permitia aos

---

39 DAVID, R. Handbook to Life in Ancient Egypt Revised. Oxford: Oxford University Press, 2007.

40 CAMPBELL, D. *The Tale of Sinuhe*. World History Encyclopedia. Disponível em: < https://www.worldhistory.org/article/886/the-tale-of-sinuhe/https://www.worldhistory.org/article/886/the-tale-of-sinuhe/>. Acesso em: 25 jan. 2022.

escribas escrever rapidamente, simplificando os hieróglifos quando o faziam em papiros.

Começa assim:

Apesar de tudo o que fez para unir o Egito e trazer paz e prosperidade para a terra depois de anos de guerra civil, o faraó Amenemés I estava sendo vítima de constantes conspirações. Outros senhores que desejavam tomar seu trono planejavam assassiná-lo e tomar posse de tudo aquilo que era dele.

Temendo que uma dessas conspirações fosse bem-sucedida e sabendo que se um de seus senhores tentasse usurpar o trono, isso mergulharia o Egito novamente na guerra civil, Amenemés promoveu seu filho Senuserete à posição de vice-rei e co-governante. Desta forma, se qualquer coisa acontecesse com o faraó, o jovem ocuparia seu lugar imediatamente, devendo ser capaz de abafar qualquer levante ou rebelião que pudesse eclodir. A sabedoria de Amenemés foi provada dez anos depois, quando ele foi de fato assassinado como resultado de uma conspiração no palácio.

Senuserete estava no exterior na época, liderando um exército contra Temeh, na Líbia. Ele havia derrotado o inimigo e estava voltando ao Egito à noite com muitos espólios de guerra, quando mensageiros vieram lhe trazer notícias importantes.

Entre os protetores escolhidos por Senuserete, como Guarda Real, estava um jovem guerreiro chamado Sinuhe, que sabia muito mais do que deveria sobre a conspiração contra Amenemés. Ao ver os mensageiros, Sinuhe adivinhou que deviam ter notícias do que acontecera em Tebas, e se esgueirou silenciosamente até a parte de trás do pavilhão real e ficou lá como se estivesse em guarda. Esperto, ele fez um corte com sua adaga no tecido que fora esticado sobre um dos postes para que ele pudesse ouvir tudo o que estava sendo dito lá dentro.

Sinuhe ouviu os mensageiros contando a Senuserete sobre a morte de seu pai, e que ele agora era o faraó.

— Vá para Tebas imediatamente e não conte ao exército o que aconteceu, mas saia rápido, e apenas com a Guarda Real — disseram eles.

Outros mensageiros foram aos seus governantes fiéis em todo o Egito, ordenando-lhes que escondessem do povo a notícia da morte do faraó Amenemés até que Senuserete — vida, saúde e força estejam com ele! — fosse proclamado Faraó em Tebas.

Sinuhe ficou apreensivo. Se ele fosse a Mênfis com Senuserete e a Guarda Real sua parte na conspiração para assassinar Amenemés poderia ser descoberta, e se pedisse para ficar com o exército, poderia soar suspeito, e Senuserete certamente perceberia que estivera espionando e ouvindo as notícias secretas.

Talvez nenhuma dessas coisas fosse acontecer, mas Sinuhe ficou tão apavorado que escapuliu silenciosamente do acampamento e esperou escondido para ver para que lado o exército estava indo. Em seguida, ele desceu e seguiu para o sul, ao longo da borda do deserto, tentando evitar todas as cidades e até mesmo as aldeias. Ele sabia que corria mais risco de ser visto no lugar onde o Nilo começa a se ramificar nos muitos riachos do Delta, e foi o que aconteceu: um homem o encontrou inesperadamente, mas se virou e fugiu, pensando que era um bandido. À noite, ele chegou a um distrito de ilhas e juncos altos, provavelmente perto de onde hoje se ergue a moderna cidade do Cairo. Lá, ele encontrou um velho barco sem remos ou leme, e como o vento soprava do Oeste, ele confiou nele e foi à deriva rio abaixo em direção a Heliópolis, mas chegou à margem oriental do Nilo cerca de um quilômetro e meio fora dos limites da cidade.

Então ele continuou seu caminho, cruzando o istmo de Suez e, depois de uma noite, chegou na fronteira com o Deserto do Sinai. Ele quase morreu de sede, e de fato havia perdido todas as esperanças e se deitado, achando que nunca mais levantaria, quando ouviu um mugido de gado.

Rastejando-se sobre suas mãos e joelhos, pois estava muito fraco, Sinuhe foi a um acampamento de nômades asiáticos. O chefe da tribo reconheceu que ele era egípcio e adivinhou, por sua aparência, que ele era um homem importante. Por isso, ele foi muito bem tratado e deram-lhe comida e bebida.

Depois, Sinuhe seguiu para a antiga cidade de Biblos, na Síria, onde os egípcios sempre foram bem-vindos, já que um grande templo havia sido construído no local onde Ísis encontrara o corpo de Osíris na coluna do palácio do rei Malcander.

Ele morou lá por algum tempo e então viajou mais para o leste, para o grande vale além da cordilheira do Líbano, onde o rei Ammi-enshi governava a terra que era então chamada de Retenu. Ammi-enshi deu-lhe as boas-vindas, dizendo:

— Venha e habite em meu país: tenho outros homens do Egito que me servem, e você vai pelo menos ouvir sua língua nativa neste lugar. Além disso, parece-me que você deve ter sido um homem de alguma importância no Egito; portanto, diga-me por que você deixou sua casa. Quais são as notícias da corte do faraó?

Então Sinuhe respondeu:

O Faraó Amenemés partiu para habitar além do horizonte; ele foi levado ao lugar dos deuses e eu fugi, temendo a guerra civil no Egito e o perigo para aqueles que eram próximos do faraó. Foi apenas esse o motivo da minha partida: fui fiel ao faraó e nenhum mal foi falado contra mim. Mesmo assim, acho que algum deus deve ter me guiado e me conduzido até aqui.

— Tenho recebido notícias do Egito desde que você o deixou. — disse Ammi-enshi. — O novo Faraó é Senuserete, filho de Amenemés. Ele assumiu o trono das Duas Terras, ele colocou a Dupla Coroa do Alto e do Baixo Egito sobre sua cabeça, suas mãos seguram o flagelo e o cajado. Ainda não houve rebelião no Egito, mas você acha que a guerra virá?

Sinuhe percebeu que, na verdade, Ammi-enshi queria saber se ele achava seguro se rebelar contra o governo do Egito e tentar fazer de Retenu um país independente fora do Império Egípcio. Então, ele disse:

— Se Senuserete é agora faraó, e todos no Egito são fiéis a ele, não haverá perigo de rebelião ou guerra civil. Senuserete é um deus na terra, um general sem igual: foi ele quem liderou o exército contra os líbios de Temeh e os subjugou vitoriosamente. Ele é um faraó que estenderá as fronteiras do império do Egito: ele enviará seus exércitos ao sul, para a Núbia, e ao leste, para a Ásia. Portanto, meu conselho é que envie mensageiros para beijar o chão diante dele. Deixe-o saber de sua lealdade, pois ele não deixará de fazer o bem a todas as terras que são leais a ele.

Então o rei Ammi-enshi respondeu:

— O Egito tem sorte de estar sob o comando de um faraó tão forte e grande! Eu farei o que me aconselhar. Mas quanto a você, fique aqui comigo e comande meus exércitos, e eu o farei grande.

Então Sinuhe prosperou na terra de Retenu. Como comandante do exército de Ammi-enshi, guerreou contra as tribos e povos vizinhos que tentaram invadir Retenu pelo Norte e pelo Leste — e em todas as aventuras ele teve sucesso, matando o inimigo com seu braço forte e flechas certeiras, levando os habitantes como escravos e trazendo grandes rebanhos de gado para engrossar os rebanhos reais.

Em retorno, ele se casou com a filha mais velha do rei e recebeu um palácio para morar, em uma propriedade onde todas as coisas boas cresciam em abundância. Havia bosques de figueiras e vinhas onde as uvas cresciam tão densamente que o vinho era mais abundante do que a água; havia campos ricos de cevada e trigo, e pastagens onde o gado engordava. Jamais Sinuhe conheceu a escassez de carnes assadas, tanto de boi quanto de galinhas de suas terras, ou das coisas selvagens que caçava com seus cães nas encostas mais baixas do Monte Líbano.

Assim, o rei Ammi-enshi passou a amá-lo como se fosse seu filho, e planejou torná-lo o próximo em sucessão ao trono por direito de sua esposa, a princesa real, pois ele mesmo não tinha filhos homens. Entretanto, nem todos gostaram da ideia de ser governado por um estrangeiro no futuro, e houve um murmúrio de rebelião liderado pelo homem mais forte e guerreiro mais famoso do país, contra quem ninguém fora capaz de resistir à batalha.

Quando o rei Ammi-enshi soube disso, ficou com o coração perturbado e mandou chamar Sinuhe, dizendo-lhe:

— Você conhece este homem? Você tem algum segredo que ele descobriu?

E Sinuhe respondeu:

— Meu senhor, eu nunca o vi. Ele faz isso por inveja. Não tenho problema nenhum em enfrentá-lo em uma batalha. Ou ele é um fanfarrão que deseja apoderar-se de minha propriedade e meu poder, ou então ele é como um touro selvagem que deseja esfolar o touro domesticado e adicionar suas vacas ao seu próprio rebanho... Ou ainda, ele é simplesmente como um touro que não suporta nenhum outro touro ser considerado mais forte ou mais feroz do que ele mesmo.

Então um duelo foi arranjado, o qual aconteceria na frente de uma grande multidão em Retenu e na presença do próprio rei.

Durante toda a noite, Sinuhe praticou com suas armas. Ao amanhecer, ele foi ao campo de batalha e as pessoas o receberam com aplausos, gritando: "Pode haver lutador maior do que Sinuhe?". Contudo, quando o adversário surgiu do meio de seus seguidores, todos ficaram em silêncio, pois parecia realmente um homem muito forte.

Ele começou a batalha atirando em Sinuhe com suas flechas e lançando seus dardos, mas Sinuhe tinha os pés e os olhos rápidos e esquivava-se de todos eles ou os afastava inofensivamente com o seu escudo. Em seguida, o adversário avançou. Sinuhe disparou uma flecha, e o homem girou com seu escudo; então Sinuhe arremessou um dardo com tanta rapidez que o adversário não teve tempo de desviá-lo e foi atingido no pescoço, tropeçando e caindo de cara no chão. O machado de batalha voou de sua mão: Sinuhe o agarrou e cortou a cabeça de seu rival com um único golpe.

Todo o povo de Retenu o aplaudiu, e o rei o pegou em seus braços e o abraçou, gritando:

— Certamente aqui está o homem mais digno de toda a terra para governar comigo!

Sinuhe se tornou o maior senhor de Retenu depois de Ammi-enshi, e governou a terra com ele por muitos anos, até herdar seu trono após sua morte. Conforme envelhecia, entretanto, Sinuhe começou a sentir falta de sua própria terra, e ele desejou ver o Egito mais uma vez antes de morrer, podendo ser enterrado, finalmente, em uma tumba de pedra em Tebas.

O Faraó Senuserete sabia que o novo rei de Retenu era o mesmo Sinuhe que fora de sua Guarda Real nos dias de Amenemés. Ele havia enviado cartas a ele sobre um súdito leal, e Sinuhe respondera como um súdito leal deveria. Agora Sinuhe escrevia implorando para ser perdoado, por ter deixado o serviço real no momento de incerteza após a morte de Amenemés, e perguntando se ele poderia retornar ao Egito para passar sua velhice lá.

Senuserete respondeu imediatamente, convidando-o a vir morar no Palácio Real como um grande senhor e conselheiro de confiança. Na carta, o rei dizia:

"Volte ao Egito para olhar novamente para a terra onde você nasceu e o palácio onde me serviu tão fielmente nos dias antes de Osíris tomar para si meu pai, o bom deus Amenemés. Você agora está envelhecendo, não é mais um jovem empenhado em aventuras. Anseie pelo dia do seu enterro: não deixe que a morte caia sobre você longe, entre os asiáticos. Venha morar comigo no Egito e, quando esse dia chegar, você será sepultado no oeste de Tebas, em um sarcófago de ouro, com o rosto incrustado de lápis-lazúli. Um carro puxado por bois o levará ao seu túmulo enquanto os cantores irão na frente e os dançarinos seguirão atrás até que você chegue à porta do seu sepulcro. Isso será feito para você no meio dos túmulos reais onde os príncipes e vizires jazem. As paredes serão pintadas com toda a sabedoria dos mortos para que seu Ba passe com segurança para o Duat e ricos tesouros e ofertas abundantes serão colocados em

sua tumba para que seu Ka possa banquetear-se com eles até que chegue o dia em que Osíris retorne à Terra. Venha depressa, pois quando se é velho, não se sabe quando alguma doença lhe derrubará. Não é certo que um nobre do Egito acabe com seu corpo jogado na terra, envolto em uma pele de carneiro como um mero asiático. Venha rápido, pois você já demorou muito tempo!"

Sinuhe ficou muito feliz com o que leu e logo providenciou o necessário para entregar o governo ao seu filho mais velho; e então ele partiu para o Egito com a presença de um pequeno grupo de seguidores escolhidos.

Ao chegar às fronteiras de sua terra natal, foi recebido por uma embaixada do faraó que o recebeu calorosamente e elogiou os senhores de Retenu que tinham vindo com ele. No Nilo, um navio o esperava e Sinuhe foi trazido rio acima em grande conforto até o palácio do faraó.

Ao ser levado à presença real, ele se prostrou no chão diante do trono e ficou deitado como se estivesse morto.

Então o faraó Senuserete disse gentilmente:

— Levante-o e deixe-o falar! Sinuhe, você chegou à sua casa, você deixou de vagar por terras estrangeiras e voltou com uma velhice honrosa para que, quando chegar a sua hora, você possa ser sepultado em uma bela tumba na Tebas Ocidental e não lançado ao solo por bárbaros asiáticos. Veja, eu o saúdo pelo nome! Bem-vindo, Sinuhe!

Então Sinuhe se levantou e se postou diante de Senuserete com os olhos baixos e disse:

— Eis que estou diante do senhor e minha vida é sua para fazer o que quiser.

O Faraó desceu de seu trono e pegou Sinuhe pela mão. Ele o conduziu até a rainha e disse a ela, rindo:

— Veja, aqui está Sinuhe, vestido como um selvagem asiático do deserto!

Então os filhos reais vieram saudá-lo também, e o faraó proferiu seu decreto, dizendo:

— Eu faço de Sinuhe um Companheiro de Faraó, um grande senhor da Corte. Eu dou a ele as terras e riquezas, aquelas que ele perdeu quando fugiu do Egito há muito tempo, e mais do que perdeu, para recebê-lo em seu retorno e mostrar como estamos felizes por tê-lo conosco mais uma vez.

E, assim, Sinuhe se tornou um grande homem no Egito e um amigo próximo do faraó, de quem ele havia fugido em um momento de pânico. Ele dedicou grande cuidado à escultura e decoração de seu túmulo, e fez com que toda a história de suas aventuras fosse escrita nele, e também copiada e mantida nos arquivos. E quando ele morreu, foi sepultado com toda a honra.

Sua tumba não foi encontrada, mas o relato de suas aventuras chegou até nós, pois era um conto favorito no Egito Antigo e foi escrito muitas vezes em papiro e lido por centenas de anos após sua morte.[41]

O príncipe e a esfinge

A Grande Esfinge de Gizé, perto do Cairo, é provavelmente uma das esculturas mais famosas e enigmáticas do mundo. Construída provavelmente durante o Império Antigo, não se sabe exatamente quem foram seus criadores, nem mesmo o porquê de ela existir. Não há inscrições em

---

41 ANCIENT EGYPT: THE MYTHOLOGY. *The Adventures of Sinuhe*. Disponível em: < http://www.egyptianmyths.net/mythsinuhe.htm>. Acesso em: 25 jan. 2022.

nenhum lugar descrevendo seu objetivo original ou como foi sua construção, mas muitos egiptólogos defendem que ela tenha sido construída para o faraó Quéfren, o construtor da Segunda Pirâmide de Gizé. Sabe-se que, durante o Império Novo, a Esfinge era associada à divindade solar Rá e ao faraó Tutemés IV, como leremos nesta lenda.

Cerca de duzentos anos atrás, uma boa parte da Grande Esfinge realmente estava enterrada na areia, como na história a seguir. Seus entornos foram então escavados para que ela pudesse ser melhor apreciada e, ao fazê-lo, os arqueólogos encontraram uma placa de granito vermelho de quatro metros e meio de altura que era claramente mais recente que a Esfinge em si. Curiosamente, as inscrições em hieróglifos contavam a história de como o Príncipe Tutemés havia falado com a Esfinge há muito tempo e também proclamava que, no primeiro ano de seu reinado, tiraria o excesso de areia que cobria a Esfinge de Quéfren e a restauraria.

Eis a história escrita na placa:

Era uma vez um Príncipe do Egito chamado Tutemés, que era filho do Faraó Amenhotep, e neto de Tutemés III, que sucedeu à grande Rainha Hatshepsut. Ele tinha muitos irmãos e meio-irmãos e, por ser o filho favorito do faraó, era sempre vítima de inveja e muitas conspirações. Normalmente, as intrigas tinham o intuito de fazer o faraó pensar que Tutemés era indigno ou inadequado para sucedê-lo; às vezes, eram tentativas de fazer o povo ou os sacerdotes acreditarem que Tutemés era cruel ou extravagante ou que não honrava os deuses e, portanto, seria um péssimo governante para Egito.

Tudo isso deixava Tutemés preocupado e infeliz, e ele passou a evitar o contato com a corte do faraó. Ele passava cada vez menos tempo em Tebas ou Mênfis, e cada vez mais frequentemente cavalgava em expedições ao Alto Egito ou atravessava o deserto até os sete grandes oásis. Mesmo quando o faraó pedia sua presença, ou sua posição exigia que ele comparecesse a algum grande festival, ele escapava sempre que podia com alguns seguidores de confiança, ou mesmo sozinho e disfarçado, para caçar pelos desertos.

Tutemés era muito hábil: era capaz de lançar várias flechas consecutivas no alvo e era um cocheiro tão habilidoso que seus cavalos eram mais rápidos que o vento. Às vezes, ele conduzia antílopes por quilômetros através dos trechos arenosos do deserto; outras, ele caçava os leões selvagens em seus covis entre as rochas muito acima das margens do Nilo, tudo com muita facilidade.

Um dia, quando estavam todos residindo em Mênfis para o grande festival de Rá em Heliópolis, algumas milhas adiante no Nilo, Tutemés escapou da corte e decidiu ir caçar na orla do deserto, levando consigo apenas dois servos. Ele seguiu pela estrada íngreme, passando por Saqqara, onde fica a grande Pirâmide Escalonada de Djoser, e por entre arbustos e árvores raquíticas, onde a terra cultivada junto ao Nilo desvanecia-se no deserto pedregoso e nos trechos de areia e rocha do grande deserto da Líbia.

Eles julgaram sensato partir bem cedo, ao primeiro clarão da aurora, para que pudessem ter o máximo de tempo possível de prática antes que o grande calor do meio-dia tornasse qualquer atividade impossível, e percorreram muitos quilômetros ao norte. O sol já estava quente demais para caçar. Tutemés e seus dois seguidores haviam chegado a um ponto não muito longe das grandes pirâmides de Gizé que os faraós da IV Dinastia haviam construído mais de mil e duzentos anos antes. Eles pararam para descansar sob algumas palmeiras. Pouco tempo depois, entretanto, Tutemés, desejando ficar sozinho para fazer sua oração ao grande deus Harmachis, entrou em sua carruagem e partiu pelo deserto, mandando seus servos esperarem por ele.

Tutemés disparou depressa para longe, pois a areia era firme e lisa, e, por fim, aproximou-se das três grandes pirâmides que se elevavam em direção ao céu. O sol escaldante do meio-dia brilhava em seus picos dourados e em seus lados polidos, como escadas de luz que conduziam ao Barco de Rá enquanto ele navegava pelo céu.

Tutemés olhou com admiração para aquelas montanhas de pedra feitas pelo homem. Mas, acima de tudo, sua atenção foi atraída por uma gigantesca cabeça e pescoço de pedra que se erguiam da areia entre a maior das pirâmides e um templo mortuário, quase enterrado. O templo era feito de enormes blocos de rocha quadrada que ficavam de cada lado do passadiço de pedra. O passadiço, por sua vez, conduzia do distante Nilo atrás dele até o pé da segunda pirâmide — a do faraó Quéfren.

Tratava-se de uma escultura colossal de Harmachis, o deus do sol nascente, na forma de um leão com a cabeça de um faraó do Egito — a forma que ele havia assumido quando se tornou o caçador dos seguidores de Set. Quéfren fizera com que essa "esfinge" fosse esculpida em um afloramento de rocha sólida que, por acaso, se erguia acima da areia, perto da passagem de procissão que vai do Nilo até sua grande pirâmide, ordenando a seus escultores que moldassem a cabeça e o rosto de Harmachis à sua semelhança.

Muitos séculos haviam se passado desde que Quéfren fora enterrado em sua pirâmide, e as areias do deserto haviam sido sopradas contra a Esfinge até que ela estivesse quase enterrada. Tutemés não conseguia ver mais do que sua cabeça e ombros, e uma pequena crista no deserto para marcar a linha de suas costas. Por um longo tempo ele ficou olhando para a face majestosa da Esfinge, coroada com a coroa real do Egito, que tinha a cabeça da cobra em sua testa e que continha dobras de linho bordado para proteger a cabeça e o pescoço do sol — somente aqui as dobras eram de pedra e apenas a cabeça da serpente, encaixada na rocha esculpida, era de ouro.

O sol do meio-dia batia impiedosamente sobre Tutemés. Ele olhava fixamente para a Esfinge e pedia a Harmachis por ajuda com todos os seus problemas.

De repente, teve a impressão de que a grande imagem de pedra tivesse se mexido. Ela se ergueu e lutou como se tentasse em vão se livrar da areia que enterrava seu corpo e suas patas, e, após alguns segundos, seus olhos não eram mais esculpidos em pedra incrustada com lápis-lazúli, mas brilhavam com vida e olhavam para ele. Então a Esfinge falou com uma voz forte, porém gentil, como um pai fala com seu filho:

— Olhe para mim, Tutemés, príncipe do Egito, e saiba que eu sou Harmachis, seu pai — o pai de todos os faraós das Terras do Alto e Baixo Egito. Cabe a você se tornar Faraó, de fato, e usar na cabeça a Dupla Coroa do Sul e do Norte; depende de você se sentar ou não no trono do Egito, e se os povos do mundo se ajoelharão em sua frente. Caso realmente você se torne Faraó, tudo o que for produzido pelas Duas Terras será seu, bem como as homenagens de todos os povos do mundo. Além de tudo isso, você terá longos anos de vida e saúde. Tutemés, meu rosto está voltado para você, meu coração se inclina a você para trazer-lhe coisas boas, seu espírito se envolverá no meu. Mas veja como a areia se fechou ao meu redor por todos os lados: ela me sufoca, me prende, ela me esconde de seus olhos. Prometa-me que você fará tudo o que um bom filho deve fazer por seu pai; prove-me que você é realmente meu filho e me ajude. Aproxime-se de mim, e eu estarei com você sempre, vou guiá-lo e torná-lo grande.

Então, quando Tutemés deu um passo à frente, o sol pareceu brilhar dos olhos da Esfinge tão intensamente que ele ficou cego por um instante, o mundo girou ao seu redor e ele caiu inconsciente na areia.

Ao acordar novamente, o sol estava se pondo em direção ao cume da pirâmide de Quéfren e a sombra da Esfinge pairava sobre ele. Lentamente, ele se levantou, e a visão que ele teve voltou correndo a sua mente enquanto ele olhava para a grande forma meio escondida na areia que já estava ficando rosa e roxa na luz do entardecer.

— Harmachis, meu pai! — gritou ele. — Eu invoco você e todos os deuses do Egito para dar testemunho do meu juramento. Se eu me tornar Faraó, a primeira coisa que farei será libertar esta sua imagem da areia e construir um santuário para você e colocar nele uma pedra contando na escrita sagrada de Khem sobre seu comando e como eu o cumpri.

Então Tutemés se virou para buscar sua carruagem; e alguns instantes depois seus servos, que estavam ansiosamente procurando por ele, vieram cavalgando.

Tutemés cavalgou de volta para Mênfis e, a partir daquele dia, tudo lhe ocorreu bem. Muito em breve, Amenhotep, o Faraó, o proclamou publicamente como herdeiro do trono; e não muito depois disso, o jovem realmente se tornou rei do Egito, um de seus maiores reis.[42]

O egípcio mais inteligente de todos

O egípcio mais inteligente de todos é uma lenda sobre como um homem sagaz conseguiu enganar o faraó e, assim, roubar boa parte de sua fortuna. A forma mais antiga conhecida dessa história chegou a nós pelo escritor grego do século V AEC, Heródoto. Heródoto já havia visitado o Egito e tinha verdadeiro fascínio por aquela terra. Lá, sacerdotes lhe haviam contado histórias fascinantes envolvendo os deuses e outros governantes famosos de épocas passadas.

Uma delas é a história a seguir:

Conta a lenda que nunca houve, na história toda do Egito, nenhum faraó mais rico que Rhampsinitus. Obviamente, o faraó temia que seu tesouro — que incluía muito ouro, prata, pedras preciosas e outros tesouros em abundância — fosse roubado, porque assim, além de perder toda sua riqueza, ele perderia toda sua honra.

---

[42] ANCIENT EGYPT: THE MYTHOLOGY. *The Prince and the Sphinx*. Disponível em: <http://www.egyptianmyths.net/mythsphinx.htm>. Acesso em: 25 jan. 2022.

Mandou, então, construírem um salão especial para guardar todo aquele tesouro. Nele, não haveria janelas, somente uma pequena porta. As paredes seriam feitas de blocos tão pesados que um homem com um machado não conseguiria derrubar nem se ele tentasse noite e dia por vinte anos.

O arquiteto encarregado seguiu as instruções e construiu o salão indestrutível e à prova de roubo, onde o faraó guardou todo o seu tesouro, confiante de que ele estaria totalmente protegido ali.

No entanto, o rei não contava com um detalhe: o arquiteto, além de ser muito bom construtor, era um homem muito esperto. Durante a construção da sala, ele cortou um dos blocos de pedra destinados à parede externa em duas partes: uma delas, ele cimentou no lugar, mas a outra, que era leve o suficiente para que um homem a movesse com algum esforço considerável, ele deixou solta. Ele inseriu o bloco tão perfeitamente na parede que a junção ficou praticamente imperceptível.

Vários anos se passaram e o arquiteto, já velho, ficou muito doente. Já em seu leito de morte, chamou seus dois filhos pequenos e lhes contou o segredo sobre a câmara que havia construído para o faraó e todos os tesouros que ela continha.

— Meus filhos, não quero que vocês passem a vida tendo de se curvar e lutar para sobreviver, enquanto aquele faraó ganancioso tem muito mais riquezas do que ele merece. Quando eu morrer, puxem o bloco de pedra, entrem na sala do tesouro e carreguem um pouco de sua riqueza para vocês. Tudo que eu peço é que tomem cuidado para não se tornarem tão gananciosos quanto ele.

Um mês depois, o pai dos meninos morreu. Após o funeral, os jovens esperaram escurecer e foram até o local.

Encontrando o bloco exato que o pai havia mencionado, o removeram e entraram no salão carregando uma tocha. Eles ficaram encantados ao ver tamanha quantidade de riquezas e de brilho e, tentando não fazer barulho, encheram seus bolsos de moedas e joias, saindo da mesma forma que entraram e fechando a câmara novamente.

No dia seguinte, o rei foi até o salão buscar um colar para uma de suas esposas. Ele viu que os guardas ainda estavam de vigia, e também certificou-se de verificar se o selo que ele colocara na porta estava inteiro e, de fato, estava. "Meu tesouro ainda deve estar seguro", pensou. Mas quando ele entrou na sala percebeu que o colar, bem como algumas joias estavam faltando, ficou muito assustado.

— Como pode ser isso? Os guardas não viram nada, e o selo na porta estava intacto.

A frustração do rei só aumentava conforme o tempo ia passando: acabou tornando-se um hábito que os irmãos entrassem na câmara, roubassem o que quisessem e escapassem. Apenas no dia seguinte o rei percebia que havia sido roubado, mas continuava sem fazer ideia de como aquilo poderia ter acontecido. Frustrado, ele decidiu colocar um armadilha, feita de metal pesado, para resolver o caso.

Naquela mesma noite, os irmãos entraram na sala do tesouro como de costume, e não demorou muito para um deles prender as pernas na armadilha. Como o rei havia planejado, por mais que tentasse, o outro irmão não conseguia libertá-lo.

— Se me encontrarem aqui de manhã, eles procurarão por você e nossa família inteira será punida. — disse o irmão que havia ficado preso. — Creio que a única solução que temos é cortar a minha cabeça e que você a leve consigo, para que ninguém possa me identificar.

Triste, o irmão concordou que não havia outra opção e seguiu as instruções recebidas.

No dia seguinte, Rhampsinitus foi até a câmara para checar se alguém havia sido descoberto e gritou de raiva ao notar o corpo sem cabeça no chão. Já que alguém havia retirado a cabeça do homem, deveria haver um segundo ladrão, que escapara! Rhampsinitus então mandou pendurar o corpo do morto no lado de fora das paredes do palácio e colocaram guardas nas proximidades: imaginou que se alguém tentasse recuperar o corpo, os guardas iriam prendê-lo e o segundo ladrão seria finalmente apanhado.

Mas o segundo irmão era ainda mais inteligente que o pai. Primeiramente, ele juntou peles de cabra, as encheu com vinho, colocou-as em burros e fingiu pastorear os animais perto dos portões do palácio. Ele havia, entretanto, feito dois pequenos cortes nas peles para que o vinho jorrasse para fora. Depois, começou a gritar que seu senhor iria matá-lo se ele perdesse todo o vinho, fingindo desespero. Os guardas então vieram ajudar o pobre pastor e o jovem, simulando gratidão, ofereceu-lhes um pouco do restante do vinho. Pouco tempo depois, os guardas, já bêbados, adormeceram, o que deu ao jovem a oportunidade perfeita de roubar o corpo do irmão e fugir com ele.

Quando o rei soube do que o jovem havia feito, ficou mais frustrado do que nunca e jurou que iria conseguir enganar o sujeito de alguma forma. Desta vez, Rhampsinitus criou um plano que envolvia sua filha, a princesa real.

— Anunciarei que qualquer homem no reino poderá falar com você e que você lhe concederá qualquer favor que ele desejar. Mas, primeiro, ele terá de lhe dizer a coisa mais inteligente que já fez. Quando nosso ladrão se revelar desta forma, ele será meu prisioneiro finalmente!

Mas, mais uma vez, o plano do rei saiu pela culatra. Ouvindo o comunicado e adivinhando que se tratava de uma armadilha, o ladrão foi até um cemitério, cortou o braço de um cadáver e escondeu o membro decepado sob o manto. Quando foi sua vez de se encontrar com a princesa e ela lhe perguntou sobre seu feito mais inteligente, com confiança, o ladrão contou a ela sobre embebedar os guardas e escapar com o corpo de seu irmão. Ao ouvir a notícia, a princesa agarrou o braço dele e chamou os guardas.

Eu peguei o ladrão! — ela gritou triunfante.

Mas então, para seu horror, ela percebeu que o homem tinha ido embora e ela ficara segurando o braço decepado de um cadáver.

Após ter sido enganado tantas vezes, Rhampsinitus decidiu que era inútil seguir tentando pegar o ladrão. Admitindo a derrota, o rei emitiu outro comunicado, desta vez oferecendo ao ladrão um perdão e um rica recompensa se ele se apresentasse e revelasse sua identidade. Poucos dias depois, o filho do arquiteto chegou ao palácio e se apresentou ao rei na frente de toda a corte real.

— Você é realmente um homem inteligente e conseguiu me enganar diversas vezes. Na verdade, você é o egípcio mais inteligente de todos! — disse o rei. — Você não só se tornará meu conselheiro real, mas também meu genro, pois eu lhe darei a mão da minha filha em casamento.

Desta maneira, Rhampsinitus mostrou que podia não ser mais esperto que o ladrão, mas pelo menos era sábio, pois agora, trouxera o homem mais inteligente para viver sob sua confiança.[43]

---
43 NARDO, D. *Egyptian Mythology*. New Jersey: Enslow Publishers, 2001.

O marinheiro naufragado

Esta história incrível do único sobrevivente de um naufrágio foi escrita em hieróglifos pela primeira vez há mais 4 mil anos. Na verdade, trata-se de uma narrativa em *frames*, isto é, uma história dentro de outra história, que, por sua vez, está dentro de outra.

Sua interpretação pelos estudiosos varia desde um simples conto inocente de tradição popular até uma narração complexa e profunda, na qual se pode notar uma busca espiritual e uma superação dos desafios. Contemporâneo ao surgimento do Culto de Osíris e à inscrição dos Textos dos Sarcófagos, o conto do marinheiro naufragado narra uma história semelhante de redenção.[44]

Em um dia quente de verão, um comerciante egípcio estava encostado, cabisbaixo, em seu barco, que navegava pelo rio Nilo em direção à cidade de Tebas. Um de seus assistentes percebeu que seu chefe não se encontrava bem e resolveu perguntar-lhe o que lhe afligia.

— Pela sua aparência, poderia dizer que você perdeu todos seus amigos e todo seu dinheiro!

— Pode ser quase isso o que aconteceu. Por me considerar um comerciante de ótima reputação, o faraó me enviou até a Núbia para que eu trouxesse muito ouro das ricas minas que se encontram lá, mas elas estavam todas vazias. O que farei? Como posso chegar e me apresentar ao faraó com o barco vazio? Ele me aplicará punições cruéis, como esfregar o chão da Casa dos Mortos, aquele lugar horrível onde mumificam os cadáveres.

---

44 MARK, J. *The Tale of the Shipwrecked Sailor: An Egyptian Epic*. World History Encyclopedia. Disponível em: <https://www.worldhistory.org/article/180/the-tale-of-the-shipwrecked-sailor-an-egyptian-epi/>. Acesso em: 26 jan. 2022.

O assistente então tentou acalmar seu comandante, dizendo que o faraó certamente entenderia que a culpa de as minas estarem vazias não era dele, pois nenhuma mina teria recursos eternos.

— Agradeço o seu esforço — disse ele —, mas não adianta. Tentar me animar é como dar água a um ganso que você vai matar e comer uma hora depois.

— Ah, mas situações que podem à primeira vista parecer sem esperança, muitas vezes acabam terminando muito melhor do que você esperava. — declarou o assistente, recusando-se a desistir. — Irei lhe contar sobre a primeira expedição que eu fiz.

E então o assistente começou sua história:

— Eu era muito novo e havia acabado de começar a navegar... Como esta, a expedição também estava indo para as minas da Núbia, mas o nosso barco era um pouco maior porque não fomos pelo rio, e sim pelo Mar Vermelho. Um lindo barco, devo dizer, com os homens mais corajosos e dedicados que já conheci.

Estávamos na metade do caminho quando começou um vendaval muito forte. Os homens tentaram manter o barco no curso, mas o vento estava forte demais e, em instantes, já havíamos perdido a terra de vista. Como se não bastasse, uma onda gigante veio e nos derrubou. Todos os homens morreram, bem, menos eu, obviamente, senão não estaria aqui lhe contando esta história.

Por sorte, consegui me agarrar em alguns dos restos que flutuavam e pela noite toda fiquei boiando. Quando finalmente vi uma ilha, nadei e consegui chegar em terra firme. Eu não tinha energia para fazer absolutamente nada, só queria descansar, mas no terceiro dia meu estômago me obrigou a buscar comida. Logo descobri que o lugar era um paraíso com uvas, figos e frutas de todos os tipos, com muitos pássaros e peixes selvagens e outras coisas saborosas. Eu me empanturrei, devo admitir. Você pode me culpar? Em seguida, acendi uma fogueira a fim de fazer uma oferenda aos deuses para agradecê-los por minha boa sorte. Imagino que a fumaça do incêndio deve ter revelado minha presença ao outro residente da ilha.

— Você quer dizer que havia outro marinheiro naufragado na ilha? — perguntou o comerciante, agora fascinado pela narrativa do assistente.

— Creio que não era um marinheiro. Na verdade, nem mesmo era um ser humano. De repente, um grupo de árvores balançou e se separou, e através da abertura rastejou uma cobra monstruosa. Devia ter pelo menos quinze metros de comprimento e mais de um metro de espessura, juro! Mas não era apenas seu tamanho que a tornava uma serpente extraordinária. Tinha escamas douradas ao longo de todo o corpo, uma longa barba e falava! Ela me perguntou quem eu era e o que fazia em sua ilha, ameaçando cuspir uma tempestade de fogo em mim e reduzir-me a uma pilha de cinzas se não lhe contasse.

Nem é preciso dizer que fiquei tão apavorado que não conseguia falar, simplesmente caí desmaiado. Quando acordei, me vi na casa da cobra, uma grande caverna mobiliada e decorada, surpreendentemente confortável. A cobra explicou que teve pena de mim e cuidadosamente me carregou em suas mandíbulas até aquele lugar. Ela prometeu não me matar e até dizia estar aliviada por ter encontrado uma companhia, já que era insuportavelmente solitário viver naquele lugar. Ela também me disse que não foi um mero acaso que me trouxe para a ilha, mas, sim, algum tipo de força divina. Era uma ilha encantada, dizia, onde frutas, verduras, legumes e caça existiam em abundância o tempo todo e o clima era sempre agradável.

Respondi à cobra que ficava grato pela sua decisão, e por ter ficado perdido em um local tão agradável. Entretanto, isto não mudava o fato de que eu estava perdido, e mal podia pensar que não retornaria mais à minha terra sem chorar. Então, a cobra recomendou-me que não me desesperasse.

— Situações que podem à primeira vista parecer sem esperança, muitas vezes acabam terminando muito melhor do que você esperava. Veja a minha situação, por exemplo. — continuou a cobra. — Havia originalmente setenta e cinco cobras como eu nesta ilha, as outras sendo meus parentes e amigos íntimos. Nós jogávamos com frequência e gostávamos de desfrutar da comida ilimitada que encontrávamos aqui. Acredite em mim, você nunca viu um grupo mais animado e feliz do que nós. Mas então, de repente, um desastre nos atingiu: uma estrela cadente cortou os céus e incandesceu-se em uma grande bola de fogo que queimou todos os meus companheiros queridos. Eu fui a única sobrevivente. Creio que seja desnecessário dizer que fiquei arrasada e até pensei em tirar minha própria vida. No entanto, com o tempo, percebi que ainda tinha minha saúde e não precisava me preocupar em ganhar a vida ou morrer de fome, já que a ilha encantada me dava tudo que eu precisava. Então, consegui superar minha dor. De uma forma similar, você vai superar a sua: você será resgatado em alguns meses.

Como a cobra conseguiu prever o futuro com tanta precisão eu não sei, mas foi o que de fato aconteceu. Cerca de quatro meses depois, um navio apareceu perto da ilha. A bordo estavam alguns dos meus amigos, que haviam procurado por mim em todos os lugares. Pedi à cobra que voltasse comigo à civilização, pois nessa altura ela já havia se tornado uma grande amiga; entretanto, ela não aceitou o convite, alegando que aquela ilha era o único lugar que lhe importava.

A ilha estava onde deveria estar, e lá ela deveria permanecer, mesmo que sua capacidade de ver o futuro lhe dissesse que a ilha um dia afundaria sob as ondas e desapareceria para sempre. Como presente de despedida, a cobra me deu uma carga preciosa de especiarias, óleos raros e perfumes, caudas de girafa, macacos e outros objetos de valor exóticos. Com um toque de tristeza, despedi-me e parti no navio.

Quando cheguei ao Egito, fui ao palácio e pedi para ver o rei. Contei-lhe minha história maravilhosa e lhe mostrei os presentes que a cobra me dera. Ele ficou tão emocionado que tornou-me um oficial do palácio. Você entende? Meu infortúnio de naufragar teve um final feliz inesperado.

O comerciante colocou as mãos sobre os ombros do assistente e sorriu amplamente.

— Esta foi uma das melhores histórias que já ouvi, meu bom homem. Devo admitir que foi realmente interessante. Você certamente conseguiu fazer com que eu me esquecesse dos meus problemas por um tempo, e sou grato por isso, mas receio não ter nenhuma carga de objetos de valor para oferecer ao rei, como você diz que teve.

O comerciante então se virou, apoiou-se na grade e voltou ao seu estado melancólico, pois ele sabia que logo teria que encontrar o faraó de mãos vazias. Não se sabe o que aconteceu ao comerciante depois que navio chegou em Tebas, mas todos que ouvem sua história esperam que o governante do Egito tenha sido compreensivo e não o tenha punido por não ter trazido de volta um navio cheio de ouro.[45]

---

45 NARDO, D. *Egyptian Mythology*. New Jersey: Enslow Publishers, 2001.

O camponês eloquente

O camponês eloquente é uma história composta durante o Império Médio, por volta de 1850 AEC. Até onde se sabe, não existe apenas uma fonte com a narrativa completa: o conto é uma compilação de quatro manuscritos incompletos que, embora apresentem algum conflito em seções sobrepostas, montam uma narrativa bastante coesa. Se entendermos os diferentes textos como sendo partes de um único, trata-se de um dos contos egípcios completos mais longos que sobreviveram.

A história é relativamente simples e direta: um camponês, privado de seus bens, faz um apelo a um membro real para que eles lhe sejam devolvidos. Tendo seu apelo sido negado, o camponês é, então, forçado a voltar repetidas vezes, demonstrando toda vez sua habilidade com a retórica. Ao todo, ele faz nove petições separadas que constituem a seção poética da composição. Eventualmente, o camponês recebe justiça e, em recompensa, lhe é dada a propriedade do homem rico que o roubou.

Através de seu exercício retórico, o homem propõe uma reflexão sobre o que é bom, justo, ético e moral, conceitos chave para o antigo princípio de Ma'at (e a divindade que o representa, consecutivamente). O encanto do texto, portanto, não está tanto na sequência de eventos, mas, sim, na maneira artística como a argumentação do camponês é desenvolvida.

Surpreendentemente — ou não —, a discussão e reflexão proposta por uma história que data de quase 4 mil anos atrás se mostra incrivelmente atual, podendo ser aplicada, com toda facilidade, à sociedade moderna.

Assim se inicia:

Era uma vez um homem chamado Khunanup. Ele era um camponês de Sekhet-Hemat, e tinha uma esposa chamada Merit. Um dia, o camponês disse à sua esposa:

— Hoje partirei ao Egito a fim de trazer de lá provisões para meus filhos. Vá e meça quanta cevada temos no armazém, o que nos restou do ano passado.

Sua esposa então fez como ele havia pedido, e o homem separou para ela seis medidas de cevada, dizendo:

— Aqui há um pouco de cevada para você e para os seus filhos comerem. Agora transforme essas seis medidas de cevada em pão e cerveja para que eu me alimente na viagem.

E o camponês partiu para o Egito com seus burros carregados de ervas, sal, sementes, plantas, pedras e todos os melhores produtos de Sekhet-Hemat.

O camponês continuou seu caminho, viajando para o sul na direção de Neni-nesut, e chegou ao distrito de Per-Fefi, ao norte de Medenit. Lá, ele encontrou um homem, cujo nome era Nemtynakhte, parado na margem do rio. Ele era filho de um homem chamado Isry, um subordinado do administrador Rensi, filho de Meru. Então Nemtynakhte, ao ver os burros do camponês, que muito deleitaram seu coração, disse:

— Quem dera eu tivesse algum tipo de encanto para confiscar os bens deste camponês para mim!

A casa de Nemtynakhte ficava no início de um caminho estreito. Um lado era delimitado pela água e o outro, pelos campos de cevada. Nemtynakhte teve uma ideia e disse a seu servo:

— Vá e traga-me alguma peça de roupa de minha casa.

Imediatamente, a roupa foi trazida a ele, e Nemtynakhte a estendeu na juntura do começo do caminho, deixando um lado tocando a água e o outro a cevada.

Quando o camponês começou a atravessar a via pública, Nemtynakhte gritou:

— Cuidado, camponês! Não pise nas minhas roupas.

— Eu farei o que o senhor quiser, pois meu caminho é bom.[46] — respondeu, indo em direção ao terreno mais alto.

— Você atravessará meu campo de cevada?

— Meu caminho é bom, mas terá de ser através da cevada, já que o senhor está obstruindo a estrada com suas roupas. Não nos deixará passar?

Ele havia acabado de dizer isto, quando um dos burros encheu a boca com uma espiga de cevada. Então Nemtynakhte disse:

— Agora terei de confiscar seu burro, camponês, porque ele está comendo minha cevada. Vocês terão de pagar pelo crime que cometeram.

Mas o camponês respondeu:

— Meu caminho é bom, e apenas uma espiga de cevada foi prejudicada. Por acaso eu poderia comprar de volta meu burro pelo valor dela se você o prender por comer uma espiga de cevada? Além disso, eu conheço o dono desta propriedade: é a propriedade do mordomo-chefe Rensi, filho de Meru, e ele reprime todos os ladrões em todo o distrito. Devo ser roubado em sua propriedade?

— Não há um provérbio conhecido: "O nome de um homem pobre é pronunciado (apenas) por causa de seu

---

46 Por "Meu caminho é bom", o camponês quer dizer que não tem intenções de causar inconveniências e que vem em paz.

amo"?⁴⁷ Eu estou falando com você, e você tem coragem de invocar o administrador-chefe?

O homem, então, pegou para si uma vara de tamargueira verde, bateu em todo o corpo do camponês com ela, confiscou seu burro e os levou para sua propriedade.

O camponês lamentou de tristeza pelo que lhe haviam feito. Mas Nemtynakhte disse:

— Não levante a voz, camponês! Eis que você irá para o domínio do Senhor do Silêncio.

— Você me chicoteia, tira minha propriedade e até tira o próprio lamento da minha boca! Pelo Senhor do Silêncio, devolva-me minha propriedade! Só então vou desistir do meu lamento que tanto o perturba.

O camponês passou um período de dez dias implorando a Nemtynakhte, mas ele não deu ouvidos.

Assim, o camponês dirigiu-se a Neni-nesut para fazer um pedido oficial ao administrador Rensi, filho de Meru. Ele o encontrou quando este estava saindo de sua casa para embarcar em sua barcaça oficial e disse:

— Eu gostaria de ter permissão para informá-lo sobre minha situação. Há uma boa razão para que você envie um fiel assistente até mim, a fim de que eu possa mandá-lo de volta para você a par do que está acontecendo comigo.

Então o administrador-chefe Rensi, filho de Meru, enviou um fiel assistente seu ao camponês, que o mandou de volta informado sobre o assunto com todos os detalhes.

Rensi apresentou uma acusação contra Nemtynakhte aos magistrados que estavam sob sua jurisdição. Eles, no entanto, disseram-lhe:

---

47 O sentido desse provérbio é: um homem comum não tem direitos exceto em relação com seu amo.

— Com toda certeza, este é um de seus camponeses que resolveu trabalhar para outro. Afinal, é assim que eles geralmente lidam com camponeses que vão para a jurisdição de outra pessoa. Sim, é assim que eles lidam com essas coisas. Existe alguma razão para punir Nemtynakhte por causa de alguns restos de natrão e um pouco de sal? Ele receberá a ordem de devolver o que pegou, e ele devolverá.

O administrador-chefe Rensi, filho de Meru, ficou em silêncio, sem responder aos magistrados ou ao camponês.

1.

O camponês pediu ao administrador-chefe Rensi, o filho de Meru:

— Ó administrador-chefe, meu senhor, o maior dos grandes, árbitro de tudo, tanto o que ainda está por ser quanto o que (agora) é[48]:

Se você descer para o Lago de Ma'at,
Lá você navegará na brisa.
O tecido da sua vela não será rasgado,
Nem seu barco será levado para a terra.
Não haverá nenhum dano ao seu mastro,
Nem suas cruzetas serão quebradas.
Você não vai naufragar quando chegar à terra,
Nem as ondas o levarão embora.
Você não provará os perigos do rio,
Nem olhará para a face do medo.
Os peixes, nadando rapidamente, virão até você,
E você capturará (muitas) aves;
Pois você é um pai para o órfão,

---
[48] Aqui começa uma série de nove apelações, feitas em poesia e prosa poética.

Um marido para a viúva,
Um irmão para aquela que foi expulsa,
As roupas de quem não tem mãe.
Permita-me exaltar o seu nome nesta Terra
De acordo com todas as boas leis:
Um líder não contaminado pela ganância, um nobre não poluído pelo vício,
Aquele que oblitera o engano, aquele que nutre Ma'at,
Aquele que responde ao apelo daquele que levanta a voz.
Vou falar e (com certeza) você vai ouvir:
Cumpra Ma'at, ó elevado,
Exaltado mesmo por aqueles que são elevados.
Alivie minha angústia, pois eis que estou aflito;
Preste atenção em mim, pois estou angustiado.

Ora, o camponês falou essas palavras durante o tempo de Sua Majestade, o Rei do Alto e Baixo Egito, Nebkaure, o justificado. Então o Regente Chefe Rensi, filho de Meru, foi até Sua Majestade e disse:

— Meu Senhor, encontrei alguém entre os camponeses que fala de forma extremamente eloquente. Sua propriedade foi roubada por um homem que está a meu serviço, e eis que ele veio recorrer a mim sobre esse assunto.

E Sua Majestade respondeu:

— Como você deseja me ver saudável, faça com que ele permaneça aqui, sem responder a nada do que ele disser. E para que continue falando, cale-se. Então, que suas palavras nos sejam apresentadas por escrito, para que as possamos ouvir. No entanto, providencie os meios para que sua mulher e seus filhos vivam, pois eis que um desses camponeses só vêm para a cidade quando não há nada em sua casa. E, além disso, providencie os meios para que este próprio camponês possa viver: você fará com que o alimento seja fornecido a ele, sem que ele saiba que é você quem lhe está dando.

Então, foram distribuídos a ele dez pães e duas jarras de cerveja todos os dias. Quem os forneceu foi o administrador-chefe Rensi, o filho de Meru. Ele os dava a um amigo seu, e esse os entregava, por sua vez, para o camponês. Em seguida, o administrador-chefe Rensi, filho de Meru, escreveu ao governador de Sekhet-Hemat sobre a emissão de provisões para a esposa do camponês: três medidas de cevada todos os dias.

2.

O camponês veio fazer um segundo pedido a ele, dizendo:
— Ó administrador-chefe, meu senhor, o maior dos grandes, o mais rico dos ricos, em você aqueles que são grandes (conhecem) aquele que é maior, e aqueles que são ricos conhecem aquele que é mais rico:

Ó leme do céu, viga de suporte da Terra,
O fio de prumo que carrega o peso:
Leme, não saia do curso,
Viga de suporte, não saia do lugar,
Prumo, não hesite.

Um poderoso senhor deve recuperar aquilo que seu dono perdeu e defender os desolados. O que você precisa já está em sua casa, um jarro de cerveja e três pães. Quanto custará para você recompensar aqueles que apelam a você? Aquele que é mortal morre junto com aqueles que estão sob ele. Você espera viver para sempre?

Certamente, essas coisas são erradas:
Um equilíbrio que titubeia,

O prumo que desvia,
Um homem preciso e honesto que se torna um enganador.
Veja, Ma'at foge de você,
Expulso de seu trono.
Os nobres cometem crimes,
E a retidão do discurso é anulada.
Os juízes roubam o que já foi roubado,
E aquele que pode distorcer uma questão da maneira certa
Pode zombar disso.
Aquele que fornece os ventos definha no chão,
Aquele que refresca as narinas agora faz com que os homens fiquem ofegantes.
O árbitro é agora um ladrão,
E aquele que deve suprimir a angústia é aquele que a cria.
A cidade está inundada com erros,
E aquele que deveria punir o mal (agora) comete crimes.

Então o administrador-chefe Rensi, filho de Meru, disse:
— Sua obstinação é maior do que o medo de que meu servo possa prendê-lo?
Mas o camponês continuou:

Aquele que mede o lote tributário incorre
em si mesmo;
Aquele que administra em nome de outrem,
rouba seus bens;
Aquele que deve governar de acordo com as leis está tolerando o roubo.
Então quem há para reparar o mal?
Aquele que deve dissipar o crime comete transgressões?
Alguém é meticuloso na perversidade,

E outro ganha respeito porque comete crimes.
Você vê aqui algo que se refira a você?
A punição, agora, é curta, mas a iniquidade é extensa.
No entanto, uma boa ação trará sua própria recompensa,
Pois existe um provérbio:
"Faça por alguém que talvez faça por você,
Fazendo, portanto, com que ele talvez faça por você "[49]
Isso é como agradecê-lo pelo que ele fará,
É como repelir algo em vez de atacar.
É como confiar algo a um artesão habilidoso.

Seria isso (você deve saber) um momento de destruição,
Devastação em sua vinha,
Escassez entre seus pássaros,
Destruição entre suas aves aquáticas!
Que aquele que vê (agora) fique cego;
Que aquele que ouve (agora) se torne surdo,
Pois aquele que costumava guiar, agora guia apenas para a confusão.[50]

[...] Eis que você é muito poderoso,
No entanto, sua mão está estendida,
seu coração é ganancioso,
E a compaixão passou muito longe de você.
Quão destituído é o desgraçado que você destrói!
Você é como um mensageiro de Khenty!
Você excedeu (até) a Senhora da Pestilência[51]!
Se não é da sua conta, não é da conta dela;

---

49 O camponês diz que boas ações trarão recompensas.

50 Trecho em egípcio quase ininteligível, mas, pelo que tudo indica, o camponês está perguntando como o administrador-chefe lidaria com uma situação difícil.

51 A deusa Sekhmet.

Se algo não a afeta, não afeta você;
Se você não fez algo, ela não fez.
Aquele que está bem provido deve ser compassivo,
Pois a força pertence (apenas) aos desesperados,
E o roubo é natural (apenas) para quem não
tem nada próprio;
Aquilo que é roubo (quando feito) pelo criminoso
É (apenas) uma contravenção (quando feita por)
aquele que está passando necessidade.
Não se pode ficar irado com ele por causa disso,
Pois é apenas um (meio de) buscar (algo) para
si mesmo.

Você, no entanto, está satisfeito com o seu pão
E contente com sua cerveja;
Você tem todos os tipos de roupas.
O olhar do timoneiro é direcionado para a frente,
Mas o navio vagueia por sua própria vontade.
O rei está no palácio,
E o leme está em sua mão,
Mas o mal é feito ao seu redor.
Longa é minha petição e pesada é minha sorte.
As pessoas vão dizer: "O que esse homem tem?"

Construa um refúgio, mantenha sua margem
do rio saudável,
Pois eis que a tua morada cheira a crocodilos.
Seja meticuloso com a língua para não a deixar vagar,
Pois o poder que está nela é a abominação de
um homem.
Não diga mentiras, mantenha os magistrados prudentes.
Os juízes são uma barriga insaciável,

Falar mentiras é como (boas) ervas para eles,
Pois esse veneno é agradável aos seus corações.
Você que conhece os assuntos de todos os homens,
Consegue ignorar minha situação?
Você que pode extinguir o perigo de todas as águas,
Eis que estou numa viagem sem barco.
Você que é um porto seguro para todos os que
estão se afogando,
Resgate aquele que naufragou.
Livre-me da minha situação, pois o senhor é poderoso.

3.

Então o camponês veio pedir-lhe ajuda uma terceira vez, dizendo:

Você é Rá, o senhor do céu, com seus assistentes;
As provisões de toda a humanidade vêm de você
como das cheias dos rios.
Você é Hapy,[52] que torna os campos verdejantes
e revive o deserto.
Punidor do ladrão, defensor dos aflitos,
Não se torne uma torrente furiosa contra o suplicante.
Esteja vigilante contra a aproximação da eternidade,
Valorize a longevidade, pois, como diz o ditado:
"Fazer Ma'at é a respiração das narinas".
Inflige punição àquele que merece punição,
E ninguém se igualará a você em sua integridade.
O equilíbrio estará desfeito? A balança se
inclinará para o lado?

---

52 Hapy era a divindade das cheias do Nilo e, portanto, simbolizava a prosperidade e o bem-estar do Egito.

Thoth terá sido misericordioso para você
errar no momento seguinte?
Você deve mostrar-se igual a estes três;
Como estes três são benignos, você deve ser benigno.
Nem responda o bem com o mal,
Nem coloque uma coisa no lugar da outra,
Pois a fala cresce mais rapidamente do que
as ervas daninhas
A fim de encontrar o fôlego para sua resposta.
Então o errado despejará mais prontamente
do que alguém que espalha roupas.
Esta é minha terceira tentativa de fazê-lo agir! [53]

Você deve dirigir seu curso cuidando da vela;
Navegue nas ondas para fazer Ma'at.
Fique atento, pois você pode encalhar na corda do leme,
Mas a estabilidade da terra é para fazer Ma'at.
Não diga falsidades, pois você é nobre;
Não seja mesquinho, pois você é distinto;
Não diga falsidades, pois você é equilibrado.
Não saia do curso, pois você é imparcial.
Eis que você é o único com a balança;
Se ela vacilar, você vacilará.
Não se desvie; guie seu curso; puxe a corda do leme.
Não roube, mas tome medidas contra o ladrão;
Não é verdadeiramente grande aquele que
é grande apenas na ganância.
Sua língua é o prumo,
Seu coração é o peso,
E seus dois lábios são seus braços.

---

53 O camponês se refere a ser a terceira tentativa de comunicação que ele faz.

Se você velar seu rosto contra a brutalidade,
Quem então reprovará o mal?

Veja, você é um escriba desprezível,
Um tão ganancioso a ponto de abusar de um amigo,
Aquele que abandonaria seu amigo em
favor de um bajulador,
Aquele cujo irmão é quem vem e lhe traz um suborno
Eis que você é um barqueiro que transporta
apenas quem tem a passagem,
Um homem honesto cuja honestidade foi truncada.
Eis que você é o supervisor de um armazém
Que não permite que um pobre compre a crédito.
Eis que você é um falcão para os plebeus,
Aquele que vive do mais inútil dos pássaros.
Veja, você é um açougueiro cujo deleite é a matança,
E a mutilação nada significa para ele.
Eis que você é um pobre pastor do rebanho,
pois não se importa
Aja, portanto, menos como um crocodilo glutão,
Pois não há segurança em nenhuma cidade
desta terra inteira.

Ouvinte, você não ouve! No entanto, por que você não ouve?
Tenho hoje repelido o saqueador?
O crocodilo recua?
Qual é o lucro para você?
Pois a verdade que estava oculta foi agora encontrada,
E o engano é jogado para trás na Terra.
Não descarte o amanhã quando ele ainda não chegou,
Pois ninguém conhece o mal que ele pode trazer.

Após o discurso, Rensi ordenou que dois ajudantes o atacassem com chicotes, e eles espancaram o corpo todo do camponês.

Então o camponês disse:

— O filho de Meru está errado, pois seu rosto está cego para o que ele deveria ver e surdo para o que deveria ouvir, e seu coração negligencia o que foi trazido à sua atenção.

Veja, você é (como) uma cidade sem governo,
Como um povo sem governante,
Como um navio em que não há capitão,
(Como) uma multidão sem líder.
Eis que você é um policial que rouba,
Um governador que aceita subornos,
Um administrador distrital responsável
por reprimir o crime
Mas que se tornou o arquétipo do perpetrador.

4.

O insistente camponês veio fazer-lhe uma petição pela quarta vez. Ele o encontrou saindo do portão do templo de Herishef, e disse:

— O gracioso! Que Herishef seja gracioso com você, aquele de cujo templo você acabou de sair.

A bondade é aniquilada, pois não há fidelidade
para com ela,
(Não há desejo) de lançar o engano para trás na terra.
Se a balsa foi encalhada, como se pode cruzar (o rio)?
O sucesso é alcançado (apenas) na abominação.

Atravessar o rio a pé — essa é uma forma viável de atravessar?
Isso não pode ser feito!
Quem agora pode dormir em paz até o amanhecer?
Desaparecido (agora) está caminhando durante a noite,
Ou mesmo viajando de dia,
Ou permitindo que um homem defenda sua própria causa,
Mesmo que essa seja realmente excelente.

Mas eis que não há ganho para quem lhe diz essas coisas,
Pois a compaixão passou muito além de você.
Quão destituído é o desgraçado a quem você destrói!
Eis que você um pescador[54] que (totalmente) se satisfaz,
Aquele que está determinado a fazer o que deseja,
Aquele que arpoa hipopótamos, atira em touros selvagens,
Fisga peixes e captura pássaros.
Mas aquele que fala precipitadamente não está livre do falar indiscreto,
E aquele que tem o coração leve não tem a mente séria
Seja paciente, para que você possa aprender Ma'at;
Controle sua própria preferência, para que o humilde peticionário ganhe.
Não há homem impetuoso que atinja a excelência,
Não há homem impaciente a quem seja dada autoridade.
Deixe seus olhos verem! Deixe seu coração
ser instruído!
Não seja tirânico em seu poder,
Esse mal não pode lhe ultrapassar
Se você ignorar um incidente, ele se tornará dois.
É o comedor que degusta,

---

54 Em egípcio antigo, esse termo também pode significar caçador.

É ele, quem é questionado, que responde,
E é aquele que está adormecido que vê o sonho.
Quanto ao juiz que merece punição,
Ele é um arquétipo para quem comete erros.

Idiota! Veja, você está impressionado!
Você não sabe de nada! E eis que você é questionado!
Você é um vaso vazio! E eis que você está exposto!
Timoneiro, não deixe seu navio desviar do curso;
Doador da vida, não deixe os homens morrerem;
Provedor, não deixe os homens perecerem;
Guarda-sol, não atraia (o calor do) sol;
Refúgio, não deixe o crocodilo me levar.
Esta é a quarta vez que apelo a você. Devo gastar
todo o meu tempo nisso?

5.

Então o camponês veio fazer uma petição a ele pela quinta vez, dizendo:

Ó administrador-chefe, meu senhor,[55]
O pescador-*khudu* [...] mata os peixes *yv*,
O lançador de peixes arpoa o peixe-*aubeb*,
O pescador-*djabhu* atira lanças no peixe-*paqer*,
E o pescador-*uha* saqueia o rio.
Eis que você é quase igual a eles.
Não prive um pobre de seus bens,
Alguém conhecido por você como um homem humilde.
Seus bens são o próprio sopro de um pobre,

---
55 Este trecho terá várias expressões em egípcio antigo que são intraduzíveis.

E roubá-los é (como) tapar o nariz dele.
Você foi nomeado para julgar reclamações,
Para julgar entre dois (disputantes) e para refrear o ladrão quando ele rouba.
Mas eis que suas ações são um apoio para o ladrão;
Os homens confiam em você, mas você se tornou um transgressor.
Você foi apontado como uma represa para o destituído
Para que ele não se afogue,
Mas eis que você é uma torrente que se enfurece contra ele.

6.

Então o camponês veio fazer uma petição a ele uma sexta vez, dizendo:

Ó administrador-chefe, meu senhor,
Aquele que defende Ma'at erradica a falsidade (*gr g*),
E aquele que promove o bem é um destruidor do mal (*bw*),
Como quando a satisfação vem e acaba com a fome,
Como quando a roupa acaba com a nudez,
Como quando o céu está calmo depois de um
forte vendaval e aquece todos os que estão com frio,
Como quando o fogo cozinha o que é cru,
Como quando a água mata a sede.
Olhe bem diante de seu rosto:
O árbitro é um espoliador,
Aquele que deveria fazer a paz (agora) cria miséria,
Quem deve criar calma (agora) causa problemas;
Mas aquele que engana diminui Ma'at.

Portanto, cumpra (seu dever) bem,
Para que Ma'at não possa ser defraudada nem
levada ao extremo.

Se você receber algo, compartilhe com seu companheiro,
Pois devorar (algo) egoisticamente é falta de justiça.
Mas minha miséria leva (apenas) à minha partida,[56]
Minha reclamação traz (apenas) minha destituição
Ninguém sabe o que está no coração.
Não fique ocioso, mas atenda à minha acusação,
Pois se você destruir (algo), quem irá restaurá-lo?
A haste de sondagem está em sua mão como
uma haste não utilizada,
Pois por acaso a água é profunda;
Mas se o barco encalhar, será saqueado,
E sua carga lançada na terra / em todas as margens.

Você é educado, você é inteligente, você é proficiente,
Certamente não para roubar,
Mas olhe para você! Você se torna igual a todo mundo!
Suas ações são perversas,
E o exemplo para todos os homens agora é aquele
que engana toda a Terra.
Aquele que cuida do jardim do mal rega seu campo
com corrupção
E cultiva sua trama com falsidade,
Para irrigar a iniquidade para sempre.

---

56 Provavelmente refere-se a partir sem ter alcançado o que pretendia conseguir.

7.

Então o camponês veio fazer uma sétima vez, dizendo:
Ó administrador-chefe, meu senhor,
Você é o leme
E a Terra viaja de acordo com sua orientação.
Você é igual a Thoth,
Aquele que julga sem discriminação.
Meu senhor, seja paciente,
Quando um homem suplicar por sua justa causa.
Não se irrite, pois isso não combina com você.
Aquele que olha muito à frente ficará inquieto,
Portanto, não se detenha
E não se alegre com o que ainda não aconteceu.
A paciência prolonga a amizade,
Mas, quanto àquele que negligencia uma falta
que foi cometida,
Não há ninguém que saiba o que está em seu coração.
Se a lei for subvertida e a integridade destruída,
Não há coitado que possa viver,
Pois ele será enganado e Ma'at não o apoiará.

Bem, meu corpo estava cheio, meu coração
estava sobrecarregado,
E ele derramou de meu corpo por conta própria;
Houve uma ruptura na barragem, sua água jorrou,
E minha boca se abriu para falar.
Então eu drenei a enchente (dentro de mim).
Eu aliviei o que estava em meu corpo,
Eu lavei minha roupa suja.
Minha arenga está (agora) concluída;
Minha miséria está totalmente à sua vista.

O que lhe faz falta (agora)?
Sua indolência vai lhe enganar,
Sua ganância vai lhe enganar,
E sua cupidez aumentará seus inimigos.
Mas você (nunca mais) encontrará outro
camponês como eu?
Quanto ao indolente, um peticionário permanecerá
na porta de sua casa?
Não houve um homem mudo que você
conseguiu fazer falar,
Não houve um homem dormindo que você
conseguiu fazer acordar,
Não houve um homem exausto a quem
você tenha revivido,
Não houve ninguém que fechou a boca e você abriu,
Não houve uma pessoa ignorante a quem
você tornou sábia,
Não há nenhum iletrado a quem você tenha ensinado.
Mas os magistrados são responsáveis por
expulsar o mal;
Eles são mestres da bondade;
Eles são artesãos que trazem à existência
o que existe,
(Eles são) responsáveis por unir a cabeça que
foi cortada.

8.

Então o camponês veio pedir-lhe uma oitava vez, dizendo:

Ó administrador-chefe, meu senhor,
Os homens tropeçam por causa do egoísmo;

O homem ganancioso não tem sucesso,
Pois o seu (único) sucesso é o fracasso.
Você é ganancioso, mas isso não lhe dá nada;
Você rouba, mas não é nenhum lucro para você.
Agora, permita que um homem defenda sua
causa que é verdadeiramente boa.
Você tem suas provisões em sua casa, e seu
estômago está cheio.
Seu grão é excessivo e até transborda,[57]
E o que sai perece na terra.
(Você é) um trapaceiro, um ladrão, um extorsionário!
No entanto, os magistrados são encarregados de
suprimir o mal,
Como salvaguarda contra o agressor;
Os magistrados têm poderes para combater a falsidade.

Não é o medo de você que me leva a fazer uma petição.
Você não conhece meu coração:
Um homem humilde que se vira repetidamente
para fazer queixa a você,
Aquele que não teme aquele a quem faz sua petição,
Um igual não será trazido a você de nenhum
bairro (da cidade).

Você tem uma plantação no país,
Você tem um salário na administração,
Você tem provisões no armazém,
Os funcionários pagam e você ainda rouba.
Você é um extorsionário?
Os homens trazem (subornos) para você

---

57 Refere-se a ter comida em abundância, ou, em uma leitura mais ampla, a ter mais coisas do que de fato necessita.

E para os seus capangas na distribuição das terras?
Faça Ma'at pelo bem do Senhor de Ma'at,
Pois a constância de seu Ma'at é absoluta.
(você é) a pena,[58] o papiro e a paleta de Thoth,
Portanto, mantenha-se longe de fazer o mal.
Que a bondade seja potente e excelente, de fato,
Pois Ma'at durará até a eternidade
E descerá à sepultura com aquele que o faz[59].
Ele será enterrado, e a terra o envolverá,
Mas seu nome nunca será esquecido,
Pois ele será lembrado por causa da sua bondade.
Essa é a integridade do decreto do deus:
É um equilíbrio e não se inclina;
É uma balança e não pende para o lado[60].

Seja eu ou outro que venha (à sua frente),
Você deve reconhecê-lo.
Não retribua (a ele) a resposta de um homem calado.
Não abuse de alguém que não cometeu nenhum
abuso ele próprio.

Mas você não mostra compaixão!
Você não está preocupado nem perturbado!
Você não me dá a devida recompensa
por este belo discurso
Que vem da boca do próprio Rá.

---

58 Termo empregado genericamente a um utensílio utilizado para escrever, não era, exatamente, uma pena no Antigo Egito.

59 Referência à antiga ideia egípcia do julgamento das almas após a morte, especialmente ao momento em que o coração do falecido era pesado contra a pena de Ma'at, decidindo assim, se sua alma seguirá para o Duat.

60 Novamente, possível referência à pesagem do coração contra a pena de Ma'at.

Fale Ma'at! Faça Ma'at!
Pois é grande, é elevado, é duradouro,
Sua integridade é evidente,
E fará com que (você) seja venerado.

Uma balança pode inclinar-se mais para algum lado?
São as suas balanças que suportam as coisas,
E não deve haver excesso na medida.
Um crime não alcançará um porto seguro,
Mas aquele que é humilde alcançará a terra[61].

9.

Então o camponês veio fazer uma petição a ele pela nona vez, dizendo:

— Ó administrador-chefe, meu senhor,
O equilíbrio dos homens é o obstáculo;
É a escala que determina o que está faltando.
Inflija punição àquele a quem a punição é devida,
Para que os homens possam se conformar à
sua integridade.
[...] Quanto à falsidade, seus feitos podem florescer,
Mas Ma'at se voltará para equilibrar isso.

Ma'at é o fim da mentira,
E (a falsidade) diminuirá e não será mais vista.
Se a mentira se aproximar, ela se extraviará;
Não cruzará na balsa e não fará progresso.
Quanto àquele que prospera com isso,

---

[61] Ainda na metáfora do barco que veleja no mar, há salvação para aqueles que são humildes e fazem o certo, mas não para aqueles que são criminosos.

Ele não terá filhos, não terá herdeiros na Terra.
Quanto a quem navega com ela, não chegará à terra,
E seu barco não chegará a um porto seguro.
Não seja enfadonho, mas não seja frívolo;
Não se atrase, mas não se apresse;
Não seja parcial e não ceda a um capricho;
Não cubra o rosto para alguém que você conhece;
Não cegue sua visão para alguém que você viu;
Não rejeite aquele que o implora.
Afaste-se dessa preguiça,
E deixe sua decisão ser pronunciada.
Aja em nome de quem tem apelado a você.
Não dê ouvidos a todos,
Mas responda a um homem de acordo com
sua causa justa.

Um homem preguiçoso não tem passado;
Aquele que é surdo para Ma'at não tem amigos;
Aquele que agarra nunca tem um dia de alegria.
Aquele que sofre se tornará miserável,
E aquele que é miserável reclamará
Mas um inimigo pode se tornar um assassino.

Eis que apelo a você, mas não me ouve.
Irei agora partir e apelar sobre você para Anúbis.

Então o administrador-chefe Rensi, filho de Meru, fez com que dois atendentes o trouxessem de volta. O camponês ficou assustado, pois presumiu que ele seria punido pelo que havia dito, mas continuou:
— (Como) a aproximação de um homem sedento de água, (como) a busca de leite pela boca do filho de uma mulher

que amamenta, tal é a morte de quem a busca, quando ele a vê chegando, quando sua morte, muito atrasada, finalmente chega.

Então o chefe dos regentes Rensi, o filho de Meru, disse:

— Não tenha medo, camponês. Eis que você vai agir de acordo com o que é feito da minha parte.

Então o camponês fez um juramento, dizendo:

— Pela minha vida! Devo comer do seu pão e beber da sua cerveja para sempre?

— Agora espere aqui, e você ouvirá seus apelos.

Então, ele pediu a alguém que lesse em um novo pergaminho cada pedido, palavra por palavra.

Rensi, filho de Meru, os despachou para Sua Majestade, o Rei do Alto e Baixo Egito, Nebkaure, o justificado, e seus corações foram mais agradados do que com qualquer coisa que havia em toda esta Terra. Então, Sua Majestade disse:

— Filho de Meru, dê o veredito você mesmo.

O administrador-chefe Rensi, filho de Meru, fez com que os guardas trouxessem Nemtynakhte. Após ser conduzido para dentro, um inventário foi feito de suas propriedades. Seus seis servos, bem como sua cevada, seu trigo, seus burros, seus porcos e seus rebanhos foram entregues ao camponês.[62]

E assim termina nossa história.[63]

A disputa entre um homem e seu Ba

A disputa entre um homem e seu *ba*, também conhecido como "Um debate entre um homem cansado da vida e sua

---

[62] O camponês é provavelmente recompensado pelo que passou.

[63] SIMPSON, W. K. *The Literature of Ancient Egypt*. 3 ed. New Haven: Yale University Press, 2003.

alma" ou "Uma disputa sobre o suicídio", é considerado o texto sobre suicídio mais antigo do mundo. Acredita-se que ele tenha sido composto durante a XII Dinastia (1937-1759 AEC) do Império Médio no Egito (2055-1786 AEC), e a única cópia de papiro sobrevivente está incompleta e com algumas lacunas. Apesar de ser possível ter uma boa compreensão geral do texto, isso acaba deixando em aberto espaço para diferentes interpretações, e alguns estudiosos acabam divergindo em algumas opiniões.

A maioria concorda, entretanto, que se trata de um diálogo entre um homem e seu *ba* — um dos aspectos de sua alma. Atormentado pela falta de sorte e o sofrimento no mundo, ele contempla o suicídio, cogitando colocar fogo em seu corpo físico. Devemos lembrar que para os antigos egípcios o corpo físico deveria estar intacto para que a alma pudesse seguir seu caminho para a vida eterna e, ao fazer isso, o homem destruiria a possibilidade de sua alma seguir em frente. O *ba*, então, tenta dissuadi-lo, mas aparentemente sem sucesso.

O leitor notará que o texto tem um tom altamente pessimista, totalmente diferente dos outros textos egípcios: neste, em especial, o homem, de fato, busca a morte e a idealiza. Outro ponto de destaque do texto é a elaboração da argumentação do homem para tentar convencer sua alma de sua decisão. Allyson Mower aponta quatro argumentos principais utilizados por ele:[64]

---

64 MOWER, A. *Egyptian Didactic Tale (c. 1937-1759 B.C.) from Dialogue of a Man with His Soul*. J. Willard Marriott Library. Disponível em: < https://ethicsofsuicide.lib.utah.edu/selections/egyptian-didactic-tale/https://ethicsofsuicide.lib.utah.edu/selections/egyptian-didactic-tale/>. Acesso em: 27 jan. 2022.

(1) seu nome irá feder se ele seguir o conselho da alma de adotar uma vida de prazer; (2) as pessoas de sua época são más, a bondade é rejeitada em todos os lugares e ele não tem um amigo verdadeiro; (3) a morte será bem-vinda; e (4) os mortos estão entre os deuses. A alma, aparentemente convencida por esse argumento, diz que, se o homem optar por permanecer vivo ou cometer suicídio, permanecerá com ele e que eles "farão um lar juntos".

Assim narra a história:

[trecho perdido]

Abri a boca para a minha alma a fim de responder o que ela havia dito:

— Isso é demais para mim hoje, que minha alma não fale (mais) comigo. É grandioso demais para ser exagerado. É como se me abandonasse. [Não] deixe minha alma ir embora; ela deve esperar por mim, porque... Não há pessoa competente que abandone quem necessita no dia do infortúnio. Eis que minha alma me ofende, (mas) não a escuto, arrastando-me para a morte antes de chegar a ela e lançando-(me) no fogo para me queimar... Que esteja perto de mim no dia do infortúnio e espere daquele lado... Minha alma é estúpida para (tentar) conquistar um miserável da vida e atrasar meu encontro com a morte. Faça o Oeste agradável para mim! Isso é (tão) ruim? A vida é um período circunscrito: (mesmo) as árvores devem cair. Pisoteie os erros e minha miséria (ainda) perdurará. Que Thoth, que propicia os deuses, me julgue. Deixe Khonsu, o escriba da verdade, me defender. Deixe Rá, que pilota a barca do sol, ouvir meu discurso. Deixe Isdes... defender-me. Minha miséria é pesada... Agradável seria a defesa de um deus pelos segredos do meu corpo.

Meu *ba* respondeu:

— Não és tu homem? Não és.. enquanto tu vives? Qual é o teu objetivo? Tu estás preocupado com [o sepultamento] como proprietário de riquezas!

— Eu não partirei enquanto essas coisas forem negligenciadas. Aquela que leva (os homens) à força[65] também te levará, sem se importar contigo, (como) qualquer criminoso dizendo: "Eu te levarei, pois teu (destino) ainda é a morte, (embora) teu nome possa viver." O além é um lugar para se assentar, o guia do coração; o Ocidente é o lar... Se minha alma me ouvir, homem inocente, e seu coração concordar comigo, será uma sorte. (Então) eu a farei chegar ao Ocidente como alguém que está em sua pirâmide, no funeral de quem foi um sobrevivente. Eu farei um abrigo [sobre] teu cadáver, (para que) tu possas desprezar outra alma como inerte. Farei um abrigo — não deve ser (muito) frio — (para que) possas desprezar outra alma que seja (muito) quente. Beberei no bebedouro e beberei... (para que) tu possas desprezar outra alma que está com fome. Se você me atrasar de uma morte dessa forma, você não encontrará um lugar onde possa se estabelecer no Ocidente. (Assim) seja [paciente], minha alma e meu irmão, até que apareça meu herdeiro, aquele que fará oferendas e se colocará junto à sepultura no dia do sepultamento, para preparar o leito do cemitério.

Meu *ba* respondeu ao que eu disse:

— Se estás pensando em sepultamento, estás apenas afligindo o coração. Estás trazendo lágrimas, deixando um homem triste. É como tirar um homem de sua casa, (para que) ele seja deixado na encosta, de (onde) nunca poderá subir para poder ver o sol. Vê aqueles que constroem em granito e que escavam câmaras em uma pirâmide, homens bons

---

65 A morte

que trabalham bem, assim que os construtores se tornam deuses: suas pedras de oferendas são tão vazias, por falta de sobreviventes, quanto (as dos) cansados e os mortos no dique — as águas apoderam-se deles, e a luz do sol também, e os peixes das margens falam com eles. Escuta-me. É bom que os homens escutem. Persiga a felicidade e não tenhas preocupações!

— O pobre homem lavra seu terreno e carrega sua colheita no porão de um navio. Ele faz a viagem rebocando (o barco), (porque) seu dia de festa está se aproximando. Quando ele vê a chegada de uma noite de maré alta, ele está vigilante no navio quando Rá se retira, (e assim) sai (em segurança), com sua esposa. (Mas) seus filhos estão perdidos no lago traiçoeiro com crocodilos durante a noite. Por fim, ele se senta, quando pode participar do discurso, dizendo: "Eu não estou chorando por aquela garota, (embora) não haja saída do Ocidente para ela, por outro (tempo) na Terra. (Mas) estou preocupado com seus filhos (não nascidos), quebrados no ovo, que viram o rosto do deus-crocodilo antes de (mesmo) viverem!"

— O pobre homem pede um lanche da tarde, (mas) sua esposa lhe diz: "Esta comida é para o jantar!". Ele sai para resmungar por um tempo. Se ele volta para casa e é como outro homem, sua esposa (ainda) sabe o que acontecerá: que ele lhe dará ouvidos e (apenas) resmungará, não responderá quando ela falar com ele.

Então respondi:

"Eis que meu nome federá através de ti
Mais do que o fedor dos excrementos de pássaros
Nos dias de verão, quando o céu está quente
Eis que meu nome federá através de ti
(Mais do que) pescador

No dia da pesca, quando o céu está quente.
Eis que meu nome federá através de ti
Mais do que o fedor dos excrementos de pássaros,
Mais do que um abrigo de juncos com aves aquáticas.
Eis que meu nome federá através de ti
Mais do que o fedor de pescador,
Mais do que as lagoas estagnadas em que pescaram.
Eis que meu nome federá através de ti
Mais do que o fedor de crocodilos,
Mais do que se sentar entre os crocodilos.
Eis que meu nome federá através de ti
Mais do que uma mulher (casada)
Contra quem uma mentira foi dita por
causa de um homem.
Eis que meu nome federá através de ti
Mais do que um menino robusto de quem se diz:
"Ele pertence ao seu rival!"
Eis que meu nome federá através de ti
(Mais do que) uma cidade traiçoeira, que trama rebelião,
Da qual (apenas) o exterior pode ser visto.

Com quem posso falar hoje?
(Os) companheiros são maus;
Os amigos de hoje não amam.
Com quem posso falar hoje?
Corações são vorazes:
Todo homem se apodera dos bens de seu semelhante.
(Com quem posso falar hoje?)
O homem gentil pereceu,
(Mas) o violento tem acesso a todos.
Com quem posso falar hoje?
(Mesmo) a calma do rosto é perversa;

A bondade é rejeitada em todos os lugares.
Com quem posso falar hoje?
(Embora) um homem desperte a ira por seu mau caráter,
Ele (apenas) leva todos ao riso, (tão) perverso
é o seu pecado.
Com quem posso falar hoje?
Os homens estão saqueando;
Todo homem apodera-se dos (bens) de seu semelhante.
Com quem posso falar hoje?
O amigo sujo é alguém íntimo,
(Mas) um irmão, com quem se trabalhava,
tornou-se um inimigo.
Com quem posso falar hoje?
Ninguém pensa no ontem;
Ninguém neste momento age por aquele que agiu.
Com quem posso falar hoje?
(Os) companheiros são maus;
Recorre-se a estranhos para retidão de coração.
Com quem posso falar hoje?
Os rostos desapareceram:
Todo homem tem um rosto abatido em relação
aos seus semelhantes.
Com quem posso falar hoje?
Os corações são vorazes;
Nenhum homem tem um coração no qual se possa confiar.
Com quem posso falar hoje?
Não há justos;
A terra é deixada para aqueles que fazem o mal.
Com quem posso falar hoje?
Falta um íntimo (amigo);
Recorre-se a um desconhecido para desabafar com ele.
Com quem posso falar hoje?

Não há ninguém cujo coração esteja contente
Aquele homem com quem se foi, ele não (mais) existe.
Com quem posso falar hoje?
Estou carregado de miséria
Por falta de um íntimo (amigo).
Com quem posso falar hoje?
O pecado que pisa a Terra,
Não tem fim.
A morte está à minha vista hoje
(Como) a recuperação de um homem doente,
Como sair ao ar livre depois de um confinamento.
A morte está à minha vista hoje
Como o cheiro de mirra
Como sentar-se sob um toldo em um dia ventoso.
A morte está à minha vista hoje
Como o odor das flores de lótus,
Como sentar na margem da embriaguez.
A morte está à minha vista hoje
Como a passagem da chuva,
Como o retorno dos homens às suas
casas após uma expedição.
A morte está à minha vista hoje
Como a claridade do céu,
Como um homem que não sabe o que está caçando
A morte está à minha vista hoje
Como o desejo de um homem para ver
sua casa (de novo),
Depois de ter passado muitos anos em cativeiro.

Ora, certamente, aquele que se encontrar no além
Será um deus vivo,
Punindo um pecado daquele que o comete.

Porque, certamente, aquele que está além
Ficará na barca do Sol,
Fazendo com que as melhores (ofertas)
sejam dadas aos templos.
Porque, certamente, aquele que está além
Será um homem de sabedoria,
Não impedido de apelar para Rá quando ele fala."

E minha alma disse:
— Deixa o luto de lado, tu que me pertences, meu irmão! (Ainda que) queimes em chamas, tu te agarrarás à vida, como dizes. Se é desejável que eu (permaneça) aqui (porque) rejeitaste o Ocidente, ou se é desejável que alcances o Ocidente e seu corpo se junte à terra, eu descansarei depois que descansares (na morte). Assim faremos um lar juntos.

Chegou (ao fim), do seu começo ao seu fim, como se encontra por escrito.

O Livro Mágico de Thoth
Egyptian Myth and Legend by Donald Mackenzie (1907).

Ahura era esposa de Nefer-ka-ptá, e seu filho era Merab; este foi o nome pelo qual ele fora registrado pelos escribas na Casa da Vida. Nefer-ka-ptá, embora fosse o filho do Rei, não se importava com nada na Terra a não ser ler registros antigos, escritos em papiro na Casa da Vida ou gravados em pedra nos templos, e o dia todo e todos os dias ele estudava os escritos dos ancestrais.

Um dia ele entrou no templo para orar aos deuses, mas quando viu as inscrições nas paredes começou a lê-las, e acabou se esquecendo de orar: se esqueceu dos deuses, se esqueceu dos sacerdotes, se esqueceu de tudo o que estava ao seu redor, até ouvir alguém rindo. Ele olhou em volta e lá havia um sacerdote.

— Por que você ri de mim? — perguntou Nefer-ka-ptá.

— Porque você está lendo esses escritos sem valor. — respondeu o sacerdote. — Se quer ler escritos que valem a pena, posso lhe dizer onde está escondido o Livro de Thoth.

Nefer-ka-ptá ficou ansioso para fazer várias perguntas, e o sacerdote seguiu:

— Thoth escreveu o Livro com suas próprias mãos, e nele está toda a magia do mundo. Se ler a primeira página, você encantará o céu, a terra, o abismo, as montanhas e o mar; entenderá a linguagem dos pássaros do céu e saberá o que dizem os seres rastejantes da terra e verá os peixes das profundezas mais escuras do mar. Se você ler a página seguinte mesmo que você esteja morto e no mundo dos fantasmas, poderá voltar à terra na forma que você já teve. Além disso, você verá o sol brilhando no céu com a lua cheia e as estrelas, e verás as grandes formas dos deuses.

— Pela vida do faraó, esse livro tem de ser meu. Diga-me tudo o que você deseja e eu o farei por você.

— Providencie o meu funeral. — disse o sacerdote. — Garanta que eu seja enterrado como um homem rico, com sacerdotes e mulheres de luto, ofertas, libações e incenso. Então minha alma descansará em paz nos Campos de Junco. Cem moedas de prata devem ser gastas em meu sepultamento.

Então Nefer-ka-ptá enviou um mensageiro rápido para buscar o dinheiro e ele entregou cem moedas de prata nas mãos do sacerdote. Ao pegar a prata, o homem disse a Nefer-ka-ptá:

"O Livro está em Koptos, no meio do rio.
No meio do rio está uma caixa de ferro,
Na caixa de ferro está uma caixa de bronze,
Na caixa de bronze está uma caixa de madeira
de sicômoro,
Na caixa de madeira de sicômoro está uma
caixa de marfim e ébano,
Na caixa de marfim e ébano está uma caixa de prata,
Na caixa de prata está uma caixa de ouro,
E na caixa dourada está o Livro de Thoth.
Ao redor da grande caixa de ferro estão cobras e escorpiões e todos os tipos de seres rastejantes, e acima de tudo há uma cobra que nenhum homem pode matar. Estas são destinadas a guardar o Livro de Thoth."

Quando o sacerdote terminou de falar, Nefer-ka-ptá saiu correndo do templo, pois sua alegria era tão grande que ele nem sabia onde estava. Ele correu rapidamente para encontrar Ahura, a fim de lhe contar sobre o Livro e informar-lhe que iria a Koptos para encontrá-lo. Ahura, no entanto, ficou muito triste e disse:

— Não vá nessa jornada, pois problemas e tristezas esperam por você na Terra do Sul.

Ela colocou a mão sobre Nefer-ka-ptá como se fosse protegê-lo da tristeza que o esperava, mas ele não se conteve e a deixou, indo encontrar o rei, seu pai.

Ele contou ao rei tudo o que havia descoberto e acrescentou:

— Dê-me a barcaça real, ó meu pai, para que eu possa ir para a Terra do Sul com minha esposa Ahura e meu filho Merab, porque eu devo ter e terei o Livro de Thoth.

Então o rei deu ordens e a barcaça real foi preparada, e nela Nefer-ka-ptá, Ahura e Merab navegaram rio acima para a Terra do Sul até Koptos. Quando chegaram lá, o sumo sacerdote e todos os sacerdotes de Ísis em Koptos desceram ao rio para dar as boas-vindas aos recém chegados. Eles foram em uma grande procissão ao templo da deusa, e Nefer-ka-ptá sacrificou um boi e um ganso e derramou uma libação de vinho para Ísis de Koptos e seu filho Harpócrates.[66] Depois disso, os sacerdotes de Ísis e suas esposas fizeram uma grande festa por quatro dias em homenagem a Nefer-ka-ptá e Ahura.

Na manhã do quinto dia, Nefer-ka-ptá convocou um sacerdote de Ísis, que era um grande feiticeiro e instruído em todos os mistérios dos deuses, e juntos eles fizeram uma pequena caixa mágica, como a cabine de um barco. Eles também fizeram homens e um grande estoque de equipamentos, e colocaram tudo na cabine mágica. Em seguida, lançaram um feitiço sobre ela, e os homens respiraram, ganharam vida e começaram a usar o equipamento.

Nefer-ka-ptá afundou a cabine mágica no rio, dizendo:

— Trabalhadores, trabalhadores! Trabalhem para mim e me levem até onde o livro está!

Ele encheu a barcaça real com areia e partiu sozinho, enquanto Ahura se sentou na margem do rio em Koptos, e observou e esperou, pois ela sabia que a tristeza viria daquela jornada para a Terra do Sul.

Os homens mágicos na cabine trabalharam sem parar por três noites e três dias ao longo do fundo do rio e, quando eles pararam, a barcaça real parou também, e Nefer-ka-ptá soube que havia chegado aonde o livro estava escondido.

Ele tirou a areia da barcaça real e a jogou na água, e ela abriu uma fenda no rio, uma fenda de um esqueno

---

66 Nome helenístico para uma das formas de Hórus.

de comprimento e um esqueno de largura[67]; no meio da lacuna estava a caixa de ferro, e ao lado da caixa estava enrolada a grande cobra que nenhum homem pode matar, e ao redor da caixa, por todos os lados até a borda das paredes de água, estavam cobras e escorpiões e todos os tipos de seres rastejantes.

Então Nefer-ka-ptá se levantou na barcaça real e, do outro lado da água, gritou para as cobras, escorpiões e coisas rastejantes — um grito alto e terrível, e as palavras eram palavras mágicas. Assim que sua voz se acalmou, as criaturas também se acalmaram, pois estavam encantadas por meio das palavras mágicas de Nefer-ka-ptá e não podiam se mover. Nefer-ka-ptá trouxe a barcaça real até a borda da fenda, e ele caminhou entre os animais que o observavam, mas não podiam se mover por causa do feitiço que estava sobre eles.

E agora Nefer-ka-ptá estava cara a cara com a cobra que nenhum homem poderia matar, e ela se ergueu, pronta para a batalha. Nefer-ka-ptá avançou sobre ela e cortou sua cabeça, mas, imediatamente, a cabeça e o corpo se juntaram de novo, e a cobra que nenhum homem poderia matar estava viva outra vez e pronta para lutar.

Novamente, Nefer-ka-ptá avançou sobre ela, e a golpeou com tanta força que a cabeça foi arremessada para longe do corpo, mas, mais uma vez, imediatamente, a cabeça e o corpo se juntaram, e a cobra que nenhum homem poderia matar estava viva outra vez e pronta para lutar.

Nefer-ka-ptá percebeu que a cobra era mesmo imortal e não podia ser assassinada, mas deveria ser vencida por meios sutis. Novamente ele correu sobre ela e cortou-a em dois, e muito rapidamente colocou areia em cada das

---

67 Esqueno foi uma unidade de comprimento do Antigo Egito, Grécia e Roma. Sua exata equivalência é incerta, embora haja alguns registros de conversão do esqueno para outras unidades de medida antigas.

extremidades cortadas, para que, quando a cabeça e o corpo se juntassem, houvesse areia entre eles de modo que não pudessem se unir, e a cobra que nenhum homem poderia matar não tivesse chances.

Então Nefer-ka-ptá foi até onde a grande caixa estava na fenda, no meio do rio, e as cobras e escorpiões e coisas rastejantes o observaram, sem poderem, contudo, pará-lo.

Ele abriu a caixa de ferro e encontrou uma caixa de bronze;

Ele abriu a caixa de bronze e encontrou uma caixa de madeira sicômoro;

Ele abriu a caixa de madeira de sicômoro e encontrou uma caixa de marfim e ébano;

Ele abriu a caixa de marfim e ébano e encontrou uma caixa de prata;

Ele abriu a caixa de prata e encontrou uma caixa de ouro;

Ele abriu a caixa dourada e encontrou o Livro de Thoth.

Ele abriu o Livro e leu uma página, e imediatamente encantou o céu, a terra, o abismo, as montanhas e o mar, e ele entendeu a linguagem dos pássaros, peixes e feras. Ele leu a segunda página e viu o sol brilhando no céu, com a lua cheia e as estrelas, e viu as grandes formas dos próprios deuses; e tão forte era a magia que os peixes surgiram das profundezas mais escuras do mar. Então ele soube que o que o sacerdote lhe havia contado era verdade.

Ele pensou em Ahura esperando por ele em Koptos e lançou um feitiço sobre os homens que ele havia feito, dizendo

— Trabalhadores, trabalhadores! Trabalhem para mim e me levem de volta ao lugar de onde vim.

Eles trabalharam dia e noite até chegarem a Koptos, e lá estava Ahura sentada à beira do rio, sem comer nem beber nada desde que Nefer-ka-ptá fora embora, pois estava sentada esperando e observando a tristeza que viria sobre eles.

Todavia, ao ver Nefer-ka-ptá voltando na barcaça real, seu coração ficou feliz e ela se alegrou muito. Nefer-ka-ptá veio até ela, colocou o Livro de Thoth em suas mãos e pediu-lhe que o lesse. Quando ela leu a primeira página, ela encantou o céu, a terra, o abismo, as montanhas e o mar, e ela entendeu a linguagem dos pássaros, peixes e animais, e quando ela leu a segunda página, ela viu o sol brilhando no céu, com a lua cheia e as estrelas, e ela viu as grandes formas dos próprios deuses, e tão forte era a magia que os peixes surgiram das profundezas mais escuras do mar.

Nefer-ka-ptá pediu-lhe um pedaço de papiro novo e um copo de cerveja, e no papiro ele escreveu todos os feitiços que estavam no Livro de Thoth.

Então ele lavou o papiro na cerveja, de forma que toda a tinta fosse lavada e o papiro ficasse como se nunca nada tivesse sido escrito nele. Depois, bebeu a cerveja e imediatamente conheceu todos os feitiços que haviam sido escritos lá, pois esse era o método dos grandes feiticeiros.

Então Nefer-ka-ptá e Ahura foram ao templo de Ísis e deram oferendas a Ísis e Harpócrates, fizeram uma grande festa, e no dia seguinte eles embarcaram na barcaça real e navegaram alegremente rio abaixo em direção à Terra do Norte.

Mas eis que Thoth descobriu que seu livro havia sido levado e ficou muito furioso. Ele se apressou diante de Rá e contou-lhe tudo, dizendo:

— Nefer-ka-ptá encontrou minha caixa mágica e abriu-a, roubando até mesmo o Livro de Thoth; ele matou os guardas que o cercavam e a cobra que nenhum homem pode matar. Vingue-me, ó Rá, de Nefer-ka-ptá, filho do Rei do Egito.

A Majestade de Rá respondeu e disse:

— Leve-o, e sua esposa e seu filho também, e faça com eles como quiser.

E agora a tristeza que Ahura sentia ao observar e esperar estava prestes a vir sobre eles, pois Thoth levou consigo um Poder de Rá para punir o ladrão de seu Livro.

Enquanto a barcaça real navegava suavemente rio abaixo, o garotinho Merab saiu correndo da sombra do toldo e se inclinou para o lado, observando a água. Então, o Poder de Rá o atraiu, de modo que ele caiu no rio e se afogou.

Quando ele caiu, todos os marinheiros da barcaça real e todas as pessoas que andavam na margem do rio deram um grande grito, mas não puderam salvá-lo. Nefer-ka-ptá saiu da cabine e leu um feitiço sobre a água: o corpo de Merab veio à superfície e eles o trouxeram a bordo da barcaça real. Então Nefer-ka-ptá leu outro feitiço, e tão grande era seu poder que a criança falecida falou e contou a Nefer-ka-ptá tudo o que havia acontecido entre os deuses, que Thoth estava buscando vingança e que Rá havia concedido a ele seu desejo de vingança sobre o ladrão de seu livro.

Nefer-ka-ptá deu o comando, e a barcaça real voltou para Koptos para que Merab fosse enterrado lá com a honra devida ao filho de um príncipe. Quando as cerimônias fúnebres terminaram, a barcaça real navegou rio abaixo em direção às Terras do Norte. Não era mais uma jornada alegre, pois Merab estava morto, e o coração de Ahura estava pesado por causa da tristeza que ainda estava por vir, pois a vingança de Thoth ainda não havia sido cumprida.

Ao chegarem ao lugar onde Merab havia caído na água, Ahura saiu debaixo da sombra do toldo, e se inclinou sobre a lateral da barcaça, mas o Poder de Rá a puxou de forma que ela caiu no rio e se afogou.

Quando ela caiu, todos os marinheiros da barcaça real e todas as pessoas que andavam na margem do rio deram um grande grito, mas não puderam salvá-la. Nefer-ka-ptá saiu da cabine e leu um feitiço sobre a água, e o corpo de Ahura veio à superfície, e eles o trouxeram a bordo da barcaça real. Então Nefer-ka-ptá leu outro feitiço, e tão grande era seu poder que a mulher morta falou e contou a Nefer-ka-ptá tudo o que havia acontecido entre os deuses, que Thoth ainda estava em busca de vingança e que Rá havia concedido a ele seu desejo de vingança sobre o ladrão de seu livro.

Nefer-ka-ptá deu o comando e a barcaça real voltou a Koptos para que Ahura fosse enterrada lá com a honra devida à filha de um rei. Quando as cerimônias fúnebres terminaram, a barcaça real navegou rio abaixo em direção às Terras do Norte. Agora esta era uma jornada dolorosa, pois Ahura e Merab estavam mortos, e a vingança de Thoth ainda não havia sido cumprida.

Eles chegaram ao local onde Ahura e Merab haviam caído na água, e Nefer-ka-ptá sentiu o Poder de Rá o atraindo. Embora ele lutasse contra isso, ele sabia que iria vencê-lo. Ele pegou um pedaço de linho real, fino e forte, e o transformou em um cinto, e com ele amarrou o Livro de Thoth firmemente em seu peito, pois ele estava decidido que Thoth nunca deveria ter seu Livro novamente.

Então o Poder o atraiu com ainda mais força, e ele saiu da sombra do toldo e se jogou no rio e se afogou. Quando ele caiu, todos os marinheiros da barcaça real e todas as pessoas que andavam na margem do rio deram um grande grito, mas não puderam salvá-lo. E quando procuraram seu corpo, não o encontraram. Assim, a barcaça real navegou rio abaixo até chegar à Terra do Norte, em Mênfis, e os chefes da barcaça real foram até o rei e lhe contaram tudo o que havia acontecido.

O rei vestiu roupas de luto; ele e seus cortesãos, o sumo sacerdote e todos os sacerdotes de Mênfis, o exército do rei e a família do rei caminharam em procissão em direção ao porto de Mênfis, até a barcaça real. Quando chegaram ao porto, viram o corpo de Nefer-ka-ptá flutuando na água ao lado da barcaça, perto dos grandes remos. E essa maravilha aconteceu por causa dos poderes mágicos de Nefer-ka-ptá, que, mesmo na morte, era um grande mago por causa dos feitiços que ele havia adquirido ao lavar o papiro e beber a cerveja.

Então, eles o tiraram da água e viram o Livro de Thoth amarrado em seu peito com o cinto de linho real. O rei deu ordem para que enterrassem Nefer-ka-ptá com a honra devida ao filho de um rei, e que o Livro de Thoth fosse enterrado com ele.

Assim foi cumprida a vingança de Thoth, mas o Livro permaneceu com Nefer-ka-ptá.[68]

A história de Satni-Khamoîs e seu filho, Senosíris

A história de Satni-Khamoîs e Senosíris foi encontrada no verso de duas coleções de documentos oficiais escritos em grego, que datam de 46-47 EC. Trata-se de um manuscrito grande e frágil: está faltando toda a primeira página e um longo fragmento da segunda, mas isso não deixa a restauração do documento e recuperação do conteúdo impossível. A linguagem é simples e clara, um pouco mais pobre comparada com outras narrativas. Apesar de suas peculiaridades e das lacunas, é um manuscrito relativamente fácil de decifrar.[69]

---

68 MACKENZIE, D. A. *Egyptian Myth and Legend*. Global Grey Ebooks. Disponível em: <https://www.globalgreyebooks.com/egyptian-myth-and-legend-ebook.html>. Acesso em: 27 jan. 2022.

69 MASPER, G. *Popular Stories of Ancient Egypt*. Oxford: Oxford University Press, 2004.

Houve uma vez um rei chamado Usimares[70], e, entre seus filhos, havia um chamado Satni,[71] que era escriba, habilidoso com as mãos e muito erudito em todos os assuntos. Ele era melhor que qualquer homem no mundo nas artes em que os escribas do Egito se destacam, e não havia nenhum sábio que se comparasse a ele em toda a Terra. Em uma ocasião, os chefes das terras estrangeiras enviaram um mensageiro ao faraó para lhe dizer:

— Isto é o que o meu senhor diz: "Quem desta terra poderia fazer o que o meu senhor ordena e sob tais condições? Se ele fizer o trabalho como deve ser feito, proclamarei a inferioridade de meu país ao Egito. Mas se acontecer de não haver nenhum bom escriba ou homem erudito no Egito que possa fazer isso, eu proclamarei a inferioridade do Egito à minha terra."

Ao ouvir isto, o Rei Usimares chamou seu filho, Satni, e repetiu a ele todas as coisas que o mensageiro havia dito a ele. Satni imediatamente deu-lhe a resposta correta que o chefe do país estrangeiro havia planejado, e o mensageiro foi obrigado a proclamar a inferioridade de sua terra em relação ao Egito. Ninguém que o desafiasse poderia triunfar sobre ele, pois a sabedoria de Satni era tão grande de modo que não havia governante no mundo que ousasse enviar mensageiros ao faraó.

Satni não tinha nenhum filho homem com sua esposa Mahîtuaskhît, e isso o afligia muito, deixando sua esposa muito aflita também. Um dia, quando ele estava mais triste do

---

70 Prenome helenístico para o faraó Ramsés II.

71 O texto original desta história dá a variante Satmi para o nome de Satni, mas a adição do sobrenome Khâmoîs em vários lugares bem como o sacerdócio a Ptá, atribuído tanto a Satmi quanto a Satni, prova que os dois se referem a mesma pessoa, pois Satni foi Sumo Sacerdote de Ptá em Mênfis. Para fins de coesão mantivemos a forma Satni em toda a história. (N. E.)

que de costume, sua esposa Mahîtuaskhît foi ao templo de Imûthes, filho de Ptá, e orou diante dele, dizendo: "Vira teu rosto para mim, meu senhor Imûthes, filho de Ptá , és tu que fazes milagres, e que és benéfico em todas as tuas ações; és tu quem dás um filho a quem não tem nenhum. Ouve meu lamento e dê-me um filho homem."

Mahîtuaskhît, a esposa de Satni, dormiu no templo e teve um sonho naquela mesma noite. Alguém falou com ela, dizendo:

— Não és tu Mahîtuaskhît, a esposa de Satni, que dormia no templo para receber das mãos do deus um remédio para tua esterilidade? Quando a manhã de amanhã chegar, vá ao banheiro de Satni, teu marido, e encontrarás uma raíz de colocasia que está crescendo lá. A colocasia que encontrares, tu colherás com suas folhas, farás dela um remédio que darás a teu marido, então deitarás a seu lado, e tu conceberás na mesma noite."

Ao acordar depois de ter sonhado essas coisas, a mulher fez tudo de acordo com o que havia sido dito a ela em seu sonho; então ela se deitou ao lado de Satni, seu marido, e concebeu seu filho. Não levou muito tempo até que ela desse os primeiros sinais de gravidez, e Satni logo anunciou ao faraó que seria pai, amarrando um amuleto na esposa e recitando um feitiço sobre ela, pois seu coração estava muito alegre.

Uma noite, Satni teve um sonho enquanto dormia. Alguém falou com ele, dizendo: "Mahîtuaskhît, tua mulher, que está gravida de ti, dará à luz uma criança chamada Senosíris, e muitas serão as maravilhas que ele fará na terra do Egito".

Ao acordar de seu sonho depois de ter visto essas coisas, seu coração regozijou-se muito. Quando se cumpriram os meses de gravidez, e a hora do nascimento chegou, Mahîtuaskhît trouxe ao mundo um filho homem. Satni então chamou a criança de Senosíris, de acordo com o que lhe fora dito em seu sonho. Ele foi colocado no peito de Mahîtuaskhît, sua mãe, e ele foi alimentado por ela.

Com um ano, o pequeno Senosíris aparentava ter dois; com dois aparentava ter três, de tão vigorosos que eram seus membros. Satni não conseguia passar uma hora sem ver o pequeno filho Senosíris, tão grande era o amor que ele nutria pela criança.

Quando se tornou grande e forte, Senosíris começou a estudar, e em pouco tempo ele sabia mais do que o escriba que lhe fora dado como mestre. A pequena criança começou a ler os livros de magia com os escribas da Casa Dupla da Vida do Templo de Ptá, e todos que o ouviam ficavam surpresos. Satni se deliciava em levá-lo ao festival diante do faraó para que todos os seus feiticeiros competissem com o menino, que permanecia se destacando.

Um dia, enquanto Satni se banhava com o pequeno Senosíris na laje de seus aposentos para irem à festa, eis que ele ouviu uma voz de lamentação muito alta. Ele olhou para fora de sua casa e viu um homem rico sendo carregado para seu enterro na montanha, seguido por um cortejo com muitas honras.

Ele olhou uma segunda vez para baixo e eis que um pobre homem estava sendo carregado para fora de Mênfis, enrolado em uma esteira, sozinho e sem um homem no mundo que andasse atrás dele. Satni disse:

— Pela vida de Osíris, senhor de Amentît[72], espero que quando eu morra, meu cortejo tenha grande lamentação, e eu não seja como esses pobres que são carregados para a montanha sem pompa ou honras.

---

72 O Além-Mundo.

Senosíris, seu filho pequeno, disse-lhe:

— Que seja feito ao senhor em Amentît o que for feito por aquele pobre homem e que não seja feito ao senhor em Amentît o que for feito àquele homem rico.

Ao ouvir o que seu filho havia lhe dito, Satni ficou aflito e disse:

— É isso que eu ouço de um filho que ama seu pai?

Senosíris, seu filho, respondeu-lhe:

— Se lhe apraz, eu lhe mostrarei, cada um no seu lugar, o pobre por quem não se chorou, e o homem rico por quem se lamentaram.

— E como fará isso, meu filho Senosíris?

Senosíris, então, recitou seus livros de magia. Ele pegou seu pai Satni pela mão e o levou a um lugar que ele não conhecia na montanha de Mênfis. Havia sete grandes corredores, e neles havia homens de todas as condições. Eles cruzaram três dos corredores, os três primeiros sem que ninguém os parasse. Ao entrar no quarto, Satni percebeu pessoas que corriam e se moviam enquanto os burros comiam a corda atrás delas[73]; outros tinham sua comida, água e pão pendurados acima deles, e eles pulavam para puxá-los para baixo, enquanto outros cavavam buracos sob seus pés para evitar que alcançassem. Ao chegarem ao quinto salão, Satni percebeu os veneráveis manes[74] que estavam cada um em seu devido lugar, mas aqueles que eram culpados de crimes estavam à porta como suplicantes; e a articulação da porta do quinto salão fora fixada no olho direito de um homem

---

73 Referência a lenda grega de Ocnus, personagem que simboliza a frustração, hesitação, a demora e a perda de tempo. Tratava-se de um fazedor de cordas, porém, a corda que ele fabricava era devorada por um asno na mesma velocidade que ela era feita. Mais à frente será revelado que os burros são mulheres que devoram a substância das pessoas durante suas vidas.

74 Na mitologia romana os manes eram os espíritos dos antepassados mortos.

que orava e soltava grandes gritos. Quando eles chegaram ao sexto salão, Satni percebeu os deuses do conselho dos homens do povo de Amentît, que estavam cada um em seu devido lugar, enquanto os porteiros de Amentît chamavam os casos. No sétimo salão, Satni percebeu a imagem de Osíris, o grande deus, sentado em seu trono de ouro fino, e coroado com um diadema com duas penas; Anúbis o grande deus à sua esquerda, o grande deus Thoth à sua direita, os deuses do conselho do povo de Amentît à sua esquerda e à sua direita, a balança preparada bem no meio, à frente deles, onde pesavam as más ações contra as boas ações, enquanto Thoth, o grande deus, desempenhava o papel de escriba e Anúbis as declarava. Aquele cujos atos os condenáveis considerassem mais numerosos do que suas boas ações, eles entregavam a Ammit, o monstro pertencente ao senhor de Amentît; destruiriam sua alma e seu corpo, e não lhe permitiriam mais respirar. Aquelas cujas boas ações eles considerassem mais numerosas do que suas más ações, eles o conduziriam entre os deuses do conselho do senhor de Amentît, e sua alma iria para os Campos de Junco, para residir entre os veneráveis. Aquele cujos méritos eles consideram iguais aos seus defeitos, eles o colocariam entre os manes equipados com amuletos que servem a Sokar-Osíris.

Então Satni percebeu um personagem distinto, vestido com materiais de linho fino, e que estava perto de Osíris, em uma posição muito elevada. Enquanto Satni maravilhava-se com tudo o que viu em Amentît, Senosíris colocou-se diante dele, dizendo:

— Meu pai, Satni, o senhor não vê aquela pessoa alta vestida com vestes de linho fino, perto de Osíris? É aquele pobre homem que viu ser carregado para fora de Mênfis, sem ninguém o acompanhando, e enrolado em uma esteira.

Ele foi levado para o Hades[75], seus delitos foram pesados contra os méritos que ele tinha enquanto estava na Terra e os méritos foram considerados mais numerosos do que os delitos. Como ele não viveu o suficiente para corresponder ao comprimento de vida inscrito em seu relato por Thoth, uma ordem foi dada por parte de Osíris para transferir a roupa funerária do homem rico que viste realizado em Mênfis com muitas honras a este pobre homem, além de colocá-lo entre os veneráveis manes, feudo de Sokar-Osíris, perto do lugar onde está Osíris. Aquele homem rico que tu viste foi levado para o Hades, seus delitos foram pesados contra seus méritos; os delitos foram considerados mais numerosos do que os méritos que ele tinha na Terra, e foi dado o comando de que ele deveria ser punido em Amentît, e ele é quem o senhor viu na articulação da porta de Amentît, que estava fixada e girando sobre seu olho direito, esteja ele fechado ou aberto, enquanto sua boca soltava gritos altos. Pela vida de Osíris, o grande deus, senhor de Amentît, se eu lhe disse na Terra: "Que isso seja feito ao senhor como a esse homem pobre, mas que não seja feito ao senhor como àquele homem rico" foi porque eu sabia o que estava para acontecer com ele.

Satni disse:

— Meu filho, Senosíris, muitas são as maravilhas que eu vi em Amentît! Agora, portanto, conte-me quem são essas pessoas que correm e se movem enquanto jumentos comem atrás deles; também me diga sobre aqueles outros que têm sua comida, pão e água, pendurados acima deles, e que saltam para puxá-las para baixo, enquanto outros cavam buracos a seus pés para evitar que eles as alcancem.

---

75 O submundo onde vivem as almas dos mortos, na mitologia grega. Note que é comum haver momentos onde elementos das culturas se interpolam nos textos (como já vimos com os manes da mitologia romana) uma vez que muita coisa foi retransmitida pelos gregos.

Senosíris respondeu:

— Na verdade, eu lhe digo, meu pai Satni, aqueles homens que viu correndo e se movendo enquanto jumentos comem atrás deles,[76] são a figura dos homens deste mundo que estão sob a maldição de deus, que trabalham noite e dia para ter sua comida, mas que não têm pão para comer porque suas esposas roubam o que é deles por trás. Quando aparecem em Amentît, é descoberto que seus crimes são mais numerosos do que seus méritos, e eles descobrem que o que aconteceu com eles na terra acontece com eles novamente em Amentît. Com eles acontece também como com aqueles que viu, ou seja, sua comida, água e pão, estão pendurados acima deles e saltam para puxá-los para baixo, enquanto outros cavam buracos em seus pés para impedi-los de alcançarem: estas são a figura do povo deste mundo que tem seu alimento diante deles, mas o deus cava buracos diante deles para evitar que o encontrem. Acontecerá novamente com eles em Amentît o que aconteceu com eles na Terra. Por terem recebido sua alma em Amentît, eles descobrem, se isso lhe agrada, meu pai Satni, que aquele que faz o bem na Terra, o bem é feito a ele em Amentît, mas aquele que faz o mal, o mal é feito a ele. Eles foram estabelecidos para sempre, e essas coisas que vês no Hades de Mênfis nunca mudarão: eles são produzidos nos quarenta e dois nomos onde estão os deuses do conselho de Osíris.

Quando Senosíris terminou de falar, ele subiu à montanha de Mênfis, abraçando seu pai e segurando sua mão.

Satni lhe perguntou:

— Meu filho Senosíris, o lugar por onde se desce é diferente daquele pelo qual subimos?

---

76 Novamente, referência à lenda de Ocnus.

Senosíris não respondeu, e Satni maravilhou-se com o discurso que o filho havia feito, dizendo:

— Ele será capaz de se tornar um dos manes reais e um servo do deus, e eu irei para o Hades com ele dizendo "Este é meu filho".

Satni repetiu uma fórmula do livro para afastar os manes, e ele permaneceu surpreso por causa das coisas que tinha visto em Amentît, mas elas pesaram muito em seu coração, porque ele não poderia revelá-las a nenhum homem no mundo.

Quando o garotinho Senosíris tinha doze anos, não havia nenhum escriba ou mágico em Mênfis que se igualasse a ele na leitura de livros de magia.

Um dia, o Faraó Usimares estava sentado no tribunal de audiência do palácio do faraó em Mênfis, enquanto a assembleia dos príncipes, os chefes militares dos líderes do Egito, estavam diante dele, cada um de acordo com sua posição na corte, e um oficial veio diante de Sua Majestade e disse:

— Eis um mensageiro da Etiópia que traz consigo uma carta selada.

Assim que isso foi dito ao Faraó, eles trouxeram o homem ao tribunal. O homem fez uma saudação e falou:

— Quem aqui pode ler a carta que trago ao faraó do Egito sem quebrar o selo, lendo o que está escrito nela sem abri-la? Se por acaso não houver nenhum bom escriba, nem homem erudito no Egito que possa lê-la sem abri-la, relatarei a inferioridade do Egito para meu país, a terra do povo negro.

Quando o faraó e seus príncipes ouviram essas palavras, eles ficaram confusos e disseram:

— Pela vida de Ptá, o grande deus, está no poder de um bom escriba ou feiticeiro, hábil em ler os escritos cujo conteúdo ele pode ver, ler uma carta sem abri-la?

O faraó disse:

— Que Satni-Khamoîs, meu filho, seja chamado.

Eles se apressaram e Satni foi trazido imediatamente; ele se curvou ao chão e adorou o faraó, e levantou-se logo em seguida.

O faraó disse-lhe:

— Meu filho Satni, você ouviu essas palavras do etíope: "Quem aqui pode ler a carta que trago ao faraó do Egito sem quebrar o selo, lendo o que está escrita nela sem abri-la"?

— Meu grande senhor, quem seria capaz de ler uma carta sem abri-la? Agora, no entanto, deixe-me ter dez dias de descanso, para ver o que posso fazer para evitar que a inferioridade do Egito seja difundida na Etiópia, aqueles que mascam goma[77].

— Os dez dias serão concedidos ao meu filho Satni.

Um alojamento foi preparado para o homem etíope, onde lhe foram servidas comidas à moda de sua terra. Então o Faraó se levantou no tribunal, com o coração extremamente triste, e se deitou sem comer nem beber.

Satni voltou para seus aposentos ainda confuso. Ele se envolveu em suas vestes da cabeça aos pés e se deitou. Eles informaram Mahîtuaskhît, sua esposa, que logo chegou ao lugar onde Satni estava, e tocou seu corpo por baixo das vestes. Ela lhe disse:

— Meu irmão Satni, seu corpo não está com febre e seus membros estão flexíveis. Sua doença é a tristeza do coração.

— Deixe-me, minha esposa Mahîtuaskhît! — respondeu ele.

O assunto sobre o qual seu coração estava preocupado não era um assunto que seria bom revelar a uma mulher.

O garotinho Senosíris então entrou, curvou-se sobre seu pai Satni e disse-lhe:

---

77 Um insulto, inferindo que a pobreza da terra do estrangeiro os obrigava a coletar gomas de vários tipos de árvores da floresta para comer.

— Meu pai Satni, por que está deitado, com o coração perturbado? As questões que tem dentro do seu coração, conte-as a mim para que eu possa afastá-las de ti.

Ele respondeu:

— Deixe-me, meu filho Senosíris! Você não tem idade para se preocupar com as questões que estão em meu coração.

— Conte-as a mim para que eu possa acalmar seu coração em relação a elas.

— Meu filho Senosíris, um mensageiro da Etiópia veio ao Egito trazendo em seu corpo uma carta selada e dizendo: "Quem aqui pode ler a carta que trago ao Faraó do Egito sem quebrar o selo, lendo o que está escrito nela sem abri-la? Se não houver nenhum bom escriba, nem homem erudito no Egito que possa lê-la sem abri-la, relatarei a inferioridade do Egito para meu país, a terra do povo negro."

Senosíris riu muito ao ouvir aquilo. Satni lhe perguntou:

— Por que você está rindo?

— Eu rio de vê-lo assim, com o coração perturbado, por um assunto tão insignificante. Levante-se, meu pai Satni, pois lerei a carta que foi trazida ao Egito, sem abri-la, e também descobrirei o que está escrito nela sem quebrar o selo.

Ao ouvir isso, Satni levantou-se depressa e disse:

— Como você pode garantir isso, filho?

— Meu pai Satni, vá para os aposentos no andar térreo de sua casa, e cada livro que você tirar de seu vaso, direi que livro é, vou lê-lo sem o estar vendo, de pé diante do senhor nas câmaras do andar térreo.

Satni levantou-se, e Senosíris fez tudo o que disse que faria. Ele leu todos os livros que Satni trouxe para a frente dele sem abri-los. Satni subiu das câmaras do andar térreo mais feliz que qualquer pessoa no mundo e não demorou a ir ao lugar onde o faraó estava. Ele relatou diante de Sua

Majestade todas as coisas que o menino Senosíris tinha dito a ele em sua totalidade, e o faraó ficou muito contente.

O Faraó levantou-se para festejar com Satni e pediu que Senosíris fosse trazido para a festa também, onde eles beberam e passaram um dia feliz. Quando a manhã seguinte chegou, o Faraó saiu para o tribunal de audiência no meio de seus nobres. O mensageiro da Etiópia então foi levado ao tribunal com a carta selada em seu corpo, e ficou de pé no meio do tribunal. O pequenino Senosíris também ficou no meio; ele ficou ao lado do mensageiro etíope e disse:

— Maldição, etíope, inimigo contra quem Ámon[78], seu deus, está provocado. Foi você que subiu ao Egito, o agradável jardim de frutas de Osíris, a sede de Rá-Harmakhis, o belo horizonte de Agathodemon[79], dizendo "relatarei a inferioridade do Egito para meu país, a terra do povo negro"! A inimizade de Ámon, seu deus, cai sobre você! As palavras que eu farei passar diante de ti e que estão escritas nesta carta, não dizem nada que seja falso da parte delas diante do faraó, seu soberano!

Assim que o mensageiro da Etiópia viu o menino Senosíris em pé no tribunal, ele tocou a terra com a cabeça e falou:

— Não mentirei sobre as palavras que disser.

Senosíris começou a contar as histórias da carta, falando-as no meio da corte perante o faraó e seus nobres, com o povo do Egito ouvindo sua voz, enquanto o mensageiro da Etiópia seguia parado no meio do tribunal.

---

78 Ainda que possa, à primeira vista, parecer estranho que o personagem egípcio se refira ao deus Ámon como divindade do povo da Etiópia, existe uma explicação. O reino de Napata, ao qual sucedeu o reino de Meroë, que aqui é chamado de país dos negros, foi fundado por um membro da família do sumo sacerdote de Tebano Ámon, e tinha Ámon como seu deus principal.

79 Mais uma interpolação da cultura grega.

— Aconteceu em um dia, no tempo do Faraó Manakhphrê Siamânu, ele era um rei benéfico de toda a Terra, o Egito abundava em todas as coisas boas de sua época, e muitos foram os seus dons e suas obras nos grandes templos do Egito. Um dia, enquanto o rei da terra dos negros estava cochilando no caramanchão de lazer de Ámon, ele ouviu a voz de três homens da Etiópia que conversavam na casa atrás dele.

"Um deles falava em voz alta, dizendo entre outras coisas:

"— Se fosse do agrado de Ámon me proteger do mal, e o rei do Egito não pudesse me ferir, eu lançaria meus feitiços sobre o Egito para fazer com que o povo egípcio passasse três dias e três noites sem ver a luz, em completa escuridão.

"O segundo disse, entre outras coisas:

"— Se fosse do agrado de Ámon me proteger do mal, e o rei do Egito não pudesse me ferir, eu lançaria meus feitiços sobre o Egito para fazer com que o faraó fosse transportado para a Etiópia, então lhe daria uma surra com o *kurbash*[80], quinhentas pancadas em público perante o rei e, finalmente, o traria de volta ao Egito dentro de seis horas, não mais que isso.

"O terceiro disse, entre outras coisas:

"— Se fosse do agrado de Ámon me proteger do mal, e o rei do Egito não pudesse me ferir, eu lançaria meus feitiços sobre o Egito para evitar que os campos produzissem durante três anos.

"Ao ouvir o que os mensageiros etíopes diziam, o rei da Etiópia fez com que eles fossem trazidos à sua presença e disse-lhes:

"— Qual de vocês disse: 'eu lançaria meus feitiços sobre o Egito para fazer com que o povo egípcio passasse três dias e três noites sem ver a luz'?

---

80 Um tipo de chicote.

"Eles disseram:

"— Foi Hórus, o filho de Trirît.[81]

"— Qual de vocês disse: 'Se fosse do agrado de Ámon me proteger do mal, e o rei do Egito não pudesse me ferir, eu lançaria meus feitiços sobre o Egito para fazer com que o faraó fosse transportado para a Etiópia, então lhe daria uma surra com o *kurbash*, quinhentas pancadas em público perante o rei e, finalmente, o traria de volta ao Egito dentro de seis horas, não mais que isso.'?

"— Foi Hórus, o filho de Tnahsît.[82]

"— Qual de vocês disse: 'eu lançaria meus feitiços sobre o Egito para evitar que os campos produzissem durante três anos'.

"— Foi Hórus, filho de Triphît.[83]

"O rei disse a Hórus, o filho de Tnahsît:

"— Execute sua ação mágica através de teu livro de magia, e como Ámon vive, o touro de Meroë, meu deus, se sua mão conseguir este feito agradável, eu lhe farei bem em abundância.

"Hórus, o filho de Tnahsît, formou uma liteira para quatro carregadores de cera, recitou um feitiço sobre eles, soprou-os violentamente e deu-lhes vida, dizendo:

"— Subam ao Egito, e tragam o faraó ao lugar onde está o rei; uma surra de *kurbash* lhe será dada, quinhentos golpes em público perante o rei, então vocês devem levá-lo de volta, ao todo em seis horas, e não mais que isso.

"— Assim será. — responderam.

---

81 Taweret, Trîrît, Trêret, significa a porca ou hipopótamo fêmea.
82 Tnahsît, Tnehset, significa "a negra".
83 Triphît significa "a jovem", e é a transcrição de um dos epítetos de Ísis.

"Os homens foram para o Egito e carregaram o faraó para a Etiópia, o espancaram com o *kurbash* — quinhentos golpes em público perante o rei — e então o carregaram de volta para o Egito, em apenas seis horas."

Assim, Senosíris contou essas histórias, relatando-as no meio da corte, na frente do faraó e de seus nobres, e o povo do Egito o ouvia dizer:

— Que a inimizade de Ámon, seu deus, caia sobre você! As palavras que disse são realmente aquelas que estão escritas na carta que tem em sua mão?

— Continue a ler, pois todas as palavras são verdadeiras, tantas quantas há. —respondeu o mensageiro.

Senosíris retomou a história:

— Então, depois que essas coisas aconteceram, o faraó Siamânu foi trazido de volta ao Egito, seus lombos muito machucados com os golpes, e ele se deitou na capela da cidade de Hórus. Quando a manhã chegou, o faraó disse aos seus cortesãos:

"— O que aconteceu no Egito, para que eu fosse obrigado a deixá-lo?

"Envergonhados de seus pensamentos, os cortesãos pensaram que talvez a mente do faraó estivesse confusa[84]. Assim, disseram:

"— O senhor está completo, o senhor está completo, faraó, nosso grande senhor, e Ísis, a grande deusa, acalmará suas aflições; mas o que significam as palavras que você falou para nós, ó faraó, nosso grande senhor? Já que o senhor dorme na capela da cidade de Hórus, os deuses o protegem.

---

84 Os cortesãos até então não sabiam o que havia acontecido na noite anterior e imaginaram que o rei pudesse estar embriagado ou ter sido tomado de alguma loucura súbita.

"O faraó se levantou e mostrou aos cortesãos suas costas muito machucadas com golpes, dizendo:

"— Pela vida de Ptá, o grande deus, fui levado para a Etiópia durante a noite; espancaram-me com o *kurbash*, quinhentos golpes em público perante o rei, então eu fui trazido de volta ao Egito, tudo em apenas seis horas.

"Ao verem o corpo do Faraó muito machucado com os golpes, começaram a gritar. Ora, Manakhphrê Siamânu tinha um mestre do mistério dos livros, seu nome era Hórus, filho de Panishi, que era extremamente erudito. Quando chegou ao lugar onde o rei estava, gritou:

"— Senhor, essas são as feitiçarias dos etíopes. Pela vida da sua casa, farei com que eles venham para a sua casa de tortura e execução.

"— Faça isso rápido, para evitar que eu seja levado por eles mais uma outra noite.

"O mestre do mistério, Hórus, filho de Panishi, partiu imediatamente; ele levou seus livros com seus amuletos para o lugar onde o faraó estava, leu uma fórmula mágica para ele, amarrou um amuleto para evitar que as feitiçarias dos etíopes tomassem posse dele; então saiu da frente do faraó, pegou suas tigelas de perfumes e vasos de libação, subiu em um barco e foi sem demora para Khmunu. Ao entrar lá, ele ofereceu incenso e água a Thoth, aquele que é nove vezes grande[85], Senhor de Hermópolis, o grande deus, e orou diante dele, dizendo:

"— Vira o teu rosto para mim, meu senhor, Thoth, para que os etíopes não difundam a inferioridade do Egito em sua terra. Foste tu quem criaste a magia por feitiços, tu que suspendeste os céus, estabeleceste a Terra e o Hades, e

---

85 Epíteto comum no período Greco-Romano.

colocaste os deuses com as estrelas; deixa-me saber como salvar o Faraó das feitiçarias dos etíopes.

"Hórus, o filho de Panishi, dormia no templo e teve um sonho naquela mesma noite.

"A figura do grande deus Thoth falou com ele, dizendo:

"— Não és tu Hórus, filho de Panishi, o mestre do mistério do faraó Manakhphrê Siamânu? Então, amanhã de manhã, vai para o corredor dos livros do templo de Khmunu; tu descobrirás ali um *naos*, fechado e selado; tu o abrirás, e tu encontrarás uma caixa contendo um livro, que eu escrevi com minhas próprias mãos[86]. Tira-o, faz uma cópia dele e coloca-o de volta em seu lugar, pois é o mesmo livro de magia que me protege contra os ímpios, e é o que protegerá o faraó, salvando-o dos planos dos etíopes.

"Ao acordar de seu sonho depois de ter visto essas coisas, Hórus, o filho de Panishi, fez tudo como havia sido dito a ele em seu sonho. Ele não demorou a ir ao lugar onde o faraó estava e fez para ele um amuleto, repleto de inscrições, contra a feitiçaria.

"No segundo dia, quando as obras de feitiçaria de Hórus, filho de Tnahsît voltaram ao Egito durante a noite para o lugar onde o faraó estava, não puderam dominá-lo por causa dos encantos e magias que o mestre do mistério, Hórus, o filho de Panishi, havia amarrado a ele. Na manhã seguinte, o Faraó contou a Hórus tudo o que ele tinha visto durante a noite, e como os trabalhos de feitiçaria dos etíopes haviam ido embora sem serem capazes de dominá-lo.

"Hórus, o filho de Panishi, mandou trazer uma quantidade de cera pura, fez dela uma liteira com quatro carregadores, recitou uma fórmula mágica sobre eles, soprou-os violentamente, fazendo com que ganhassem vida, e lhes ordenou:

---

86 Referência ao livro de Thoth.

"— Você deve ir para a Etiópia esta noite e trazer o rei ao Egito para o lugar onde faraó está: uma surra com um *kurbash* lhe será dada, quinhentos golpes, em público, diante do faraó, então você deve levá-lo de volta à Etiópia, tudo em seis horas, nada mais.

"— Assim será.

"As feitiçarias de Hórus, o filho de Panishi, fugiram nas nuvens do céu, e logo chegaram à Etiópia, no meio da noite. Eles prenderam o rei, trouxeram-no para o Egito; uma surra com o *kurbash* lhe foi dada, quinhentos golpes em público diante do faraó, eles então o carregaram de volta para a Etiópia, tudo em seis horas, nada mais."

Essas histórias foram então contadas por Senosíris, relatando-as no meio da corte, diante de Faraó e de seus nobres, o povo do Egito ouvindo sua voz, enquanto ele dizia:

— A inimizade de Ámon, teu deus, cai sobre você, ímpio Etíope! As palavras que eu falo são as que estão escritas em sua carta?

O etíope disse, com a cabeça inclinada para o chão:

— Continue a ler, pois todas as palavras que você está dizendo são as que estão escritas nesta carta.

— Então, depois que essas coisas aconteceram, que o rei da Etiópia foi levado de volta em seis horas, e nada mais que isso, e foi colocado em seu lugar, ele se deitou e se levantou na manhã seguinte excessivamente machucado pelos golpes que lhe foram dados no Egito. Ele disse aos seus cortesãos:

"— O que minhas feitiçarias fizeram no Faraó, as feitiçarias do Faraó fizeram em mim. Eles me carregaram para o Egito durante a noite e me deram uma surra com o *kurbash*, quinhentos golpes diante do Faraó do Egito, e eles então me trouxeram de volta para cá.

"Os cortesãos começaram a gritar. O rei fez com que Hórus, filho de Tnahsît, fosse buscado e disse:

"— Cuidado com Ámon, o touro de Meroë, meu deus! Visto que foi você que foi ao povo do Egito, vejamos como pode me salvar das feitiçarias de Hórus, filho de Panishi.

"Ele fez algumas feitiçarias, amarrou-as ao rei, para salvá-lo das feitiçarias de Hórus, filho de Panishi. Quando já era noite do segundo dia, as feitiçarias de Hórus, filho de Panishi, transportaram-se para o país dos Negros, e levaram o rei para o Egito. Deram-lhe uma surra de *kurbash*, quinhentos golpes em público diante do Faraó, depois o carregaram de volta à Etiópia, tudo em seis horas, não mais. Esse tratamento aconteceu ao rei por três dias, enquanto as feitiçarias dos etíopes não conseguiam salvar o rei das mãos de Hórus, filho de Panishi, e o rei ficou extremamente aflito, fez com que Hórus, filho de Tnahsît, fosse trazido até ele e disse:

"— Ai de você, inimigo da Etiópia, depois de me haver humilhado na mão dos egípcios, não pude livrar-me deles! Pela vida de Ámon, o touro de Meroë, meu deus, se não souber como me livrar dos latidos mágicos dos egípcios, eu o entregarei a uma morte maligna, e ela lhe será lenta.

"— Meu senhor, deixe-me ser enviado ao Egito para que eu possa ver o que os egípcios fazem nos encantamentos, para que eu possa fazer magia contra eles e infligir-lhes o castigo que medito contra suas mãos.

"O filho de Tnahsît foi enviado, portanto, em nome do rei, e foi primeiro ao lugar onde sua mãe Tnahsît estava.

"— Qual é o seu propósito, meu filho Hórus? — ela perguntou.

"— As feitiçarias de Hórus, filho de Panishi, são mais fortes que as minhas. Três vezes transportaram o rei ao Egito, para o lugar onde está o faraó, foi-lhe dada uma surra com o *kurbash*, quinhentas pancadas em público perante o faraó, depois o trouxeram de volta à Etiópia, tudo em seis horas, não mais, e minhas feitiçarias não foram capazes de salvá-lo de suas mãos. Agora o rei está extremamente zangado comigo, e para evitar que ele me entregue a uma morte lenta e maligna, eu desejo ir ao Egito para ver quem faz essas feitiçarias e infligir-lhe o castigo que eu medito contra suas mãos.

"— Seja sábio, ó meu filho Hórus, e não vá ao lugar onde está Hórus, filho de Panishi. Se você for ao Egito para conjurar ali, tome cuidado com os homens do Egito, pois você não pode lutar com eles, nem conquistá-los, e nunca mais voltará à Etiópia.

"— Isso é bobagem. Não posso deixar de ir ao Egito para lançar meus feitiços lá.

"Tnahsît, sua mãe, disse-lhe:

"— Se, então, você deve ir ao Egito, providenciemos alguns sinais entre nós; se por acaso for derrotado, irei até você para ver se posso salvá-lo.

"— Se eu for vencido, quando você beber ou comer, a água se tornará da cor de sangue diante de você, as provisões se tornarão da cor do sangue diante de você, o céu se tornará da cor do sangue diante de você.

"Hórus, filho de Tnahsît, arranjou estes sinais entre ele e sua mãe e foi para o Egito; ele foi até Mênfis e para o lugar onde o faraó estava, rastreando quem fazia a magia de escrever feitiços no Egito. Quando ele chegou ao tribunal de audiência diante do faraó, falou em voz alta, dizendo:

"— Quem será aquele que lançará feitiços contra mim no tribunal de audiência, no lugar onde o faraó habita, à vista do povo do Egito? Os dois escribas da Casa da Vida, ou apenas o escriba que encantou o rei, trazendo-o ao Egito, apesar dos meus esforços?

"Hórus, o filho de Panishi, que estava de pé na corte de audiência diante do faraó, disse:

"— Inimigo etíope, acaso não é você Hórus, filho de Tnahsît? Não é você aquele que, para me encantar nos pomares de Rá, tendo consigo seu companheiro etíope, mergulhou com ele na água e flutuou com ele abaixo da montanha, a leste de Heliópolis?[87] Não é você quem se agradou em fazer o faraó, seu mestre, viajar, e quem você feriu com golpes no lugar onde estava o rei da Etiópia, e que agora vem ao Egito, dizendo: "Quem será aquele que lançará feitiços contra mim"? Pela vida de Atom, o mestre de Heliópolis, os deuses do Egito o trouxeram aqui para retribuir o que você fez. Coragem, pois eu mesmo me encarregarei disso.

"Hórus, filho de Tnahsît, respondeu-lhe, dizendo:

"— É você, aquele a quem ensinei as palavras do chacal, que faz encantamentos contra mim?

"O etíope, instruindo-se em seu livro de magia, lançou um feitiço. Fez uma chama irromper na corte de audiência, e o faraó, bem como os grandes do Egito, soltaram um grande grito, dizendo:

"— Apresse-se a nós, mestre dos escritos, Hórus, filho de Panishi!

"O filho de Panishi, pronunciou uma fórmula mágica; e produziu do céu uma chuva do sul[88] acima da chama, que logo foi extinta. O etíope realizou outro feitiço e uma nuvem imensa apareceu sobre o tribunal de audiência, de modo que ninguém mais conseguia ver seu irmão ou seu companheiro. Hórus, o filho de Panishi, recitou uma mágica para

---

87 Referência a uma outra narrativa dos dois Hórus, que já deveria ser bem conhecida do público.

88 Sinônimo de chuva torrencial, pois a maioria das tempestades vinha ao Egito do sul ou sudeste.

o céu que fez dispersar a nuvem, acalmando o vento que soprava nela. Hórus, o filho de Tnahsît, realizou outra magia e fez um enorme telhado de pedra, de duzentos côvados de comprimento e cinquenta de largura, aparecer acima do faraó e seus príncipes, e isso para separar o Egito de seu rei, a terra de seu soberano. O faraó olhou para cima, e gritou ao perceber o telhado de pedra acima dele; Hórus, o filho de Panishi, recitou uma fórmula escrita, fazendo aparecer uma barcaça de papiro, e o telhado de pedra foi colocado nela, sendo levado para o imenso porto, o grande lago do Egito.

"O etíope sabia que ele era incapaz de combater o feiticeiro do Egito; ele realizou um feitiço para que ninguém mais o visse no tribunal de audiência, com a intenção de fugir para a Etiópia, sua pátria. Hórus, o filho de Panishi, entretanto, recitou um outro feitiço e desvendou os encantos do etíope, fazendo com que o faraó o visse, assim como o povo do Egito que estava na corte de audiência. Apareceu na forma de um ganso miserável, pronto para fugir. Hórus, o filho de Panishi, recitou um feitiço sobre ele, e o prendeu, com uma faca pontiaguda na outra mão, a ponto de se vingar.

"Enquanto tudo isso estava sendo feito, os sinais que Hórus, o filho de Tnahsît, havia arranjado entre ele e sua mãe, havia aparecido para ela, e ela não demorou a subir ao Egito na forma de um ganso, pousando acima do palácio do Faraó. Ela chamou com toda a sua voz pelo filho, que tinha a forma de um pássaro miserável sendo ameaçado.

"Hórus, filho de Panishi, olhou para o céu; ele viu Tnahsît sob a forma em que ela estava, e a reconheceu. Ele recitou um feitiço contra ela, e logo estava de pé sobre ela com uma faca pronta para matá-la. Ela abandonou a forma de ganso e assumiu a forma de mulher, implorando:

"— Não venha contra nós, Hórus, filho de Panishi, mas perdoe-nos este ato criminoso! Se nos der um barco, nunca mais voltaremos ao Egito.

"Hórus, o filho de Panishi, jurou pelo Faraó, bem como pelos deuses do Egito, a saber:

"— Só irei poupá-los se vocês me jurarem nunca mais voltar ao Egito sob nenhum pretexto.

"Tnahsît ergueu a mão como testemunha de que não viria ao Egito nunca mais. Hórus, o filho de Tnahsît, jurou, dizendo:

"— Não voltarei ao Egito por mil e quinhentos anos.

"Hórus, o filho de Panishi, reverteu seu feito de magia, deu um barco a Hórus, filho de Tnahsît, bem como para Tnahsît, sua mãe, e eles partiram para a Etiópia, seu país."

Este discurso Senosíris proferiu diante do Faraó enquanto o povo ouvia sua voz, e Satni, seu pai, via o mensageiro etíope prostrado, com o rosto no chão, então Senosíris disse:

"— Pelo seu semblante, meu grande senhor, este homem é Hórus, o filho de Tnahsît, o mesmo cujas ações eu conto, que não se arrependeu do que fez antes, mas que voltou ao Egito depois de mil e quinhentos anos para lançar seus encantos sobre ele. Pela vida de Osíris, o grande deus, senhor de Amentît, diante de quem vou descansar, sou Hórus, filho de Panishi, eu que estou aqui diante do faraó. Quando soube em Amentît que este inimigo etíope ia lançar sacrilégio contra o Egito, visto que não havia mais um bom escriba ou sábio no Egito que pudesse lutar com ele, implorei a Osíris em Amentît que me permitisse aparecer novamente na terra para evitar que ele difundisse a inferioridade do Egito à Etiópia. Osíris ordenou que eu voltasse à Terra, e voltei como uma semente até que me encontrei com Satni, o filho do faraó, na montanha de Heliópolis ou Mênfis. Eu cresci naquela planta de colocasia para entrar em um corpo e nascer de novo na terra para fazer encantamentos contra este inimigo etíope que está no tribunal de audiência.

Hórus, filho de Panishi, na forma de Senosíris, fez um feitiço contra o etíope; ele o cercou com um fogo que o consumiu no meio da corte, aos olhos de Faraó, bem como de seus nobres e do povo do Egito. Então Senosíris desapareceu como uma sombra e não foi mais visto.

O faraó estava maravilhado, assim como seus nobres, com as coisas que tinha visto na corte de audiência, e disse:

— Nunca houve um bom escriba, nem um sábio igual a Hórus, filho de Panishi, e nunca mais haverá outro como ele.

Satni gritou, porque Senosíris havia desaparecido e ele não o viu mais. O faraó levantou-se do tribunal de audiência, seu coração muito aflito com o que tinha visto e ordenou que preparativos fossem feitos para confortar o coração de Satni.

Quando a noite chegou, Satni foi para seu alojamento, seu coração muito perturbado, e sua esposa Mahîtuaskhît se deitou ao seu lado. Naquela mesma noite, ela engravidou e eles tiveram um outro filho, quem chamaram de Usimanthor. No entanto, Satni nunca deixou de fazer oferendas e libações para a alma de Hórus, filho de Panishi, em todos os momentos.[89]

Aqui está o final deste livro escrito por...[90]

---

89 MASPER, G. *Popular Stories of Ancient Egypt*. Oxford: Oxford University Press, 2004.

90 A autoria do manuscrito é anônima.

A Princesa de Bakhtan

A Lenda da Princesa de Bakhtan foi inscrita, no século III AEC, por alguns sacerdotes ptolomaicos, em uma estela que agora está no famoso Museu do Louvre. A história a seguir se passa, entretanto, mil anos antes de quando foi, de fato, inscrita: ela remonta ao tempo do reinado de Ramsés II, que é muito conhecido como o faraó contra quem os hebreus, liderados por Moisés, se rebelaram quando partiram do Egito para a "Terra Prometida". Ao criar o conto da Princesa e do Demônio, os sacerdotes ptolomaicos distorceram alguns fatos históricos do reinado de Ramsés para atender aos seus próprios objetivos. Na história, Ramsés se casa com a filha do rei da longínqua terra de Bakhtan, quando na verdade, ele se casa com a filha do rei hitita para selar um tratado de paz.

Ramsés II decidiu ir a Nehern, uma porção da Síria Ocidental perto do Eufrates, muitas milhas ao norte do Egito, para coletar tributos e ter sua soberania reconhecida. O rei foi recebido pelos príncipes das regiões vizinhas, que vieram com os outros chefes para saudarem sua majestade e trazer presentes. Eles trouxeram ouro, lápis-lazúli, turquesa e madeiras preciosas, mas o príncipe de Bakhtan trouxe também com suas ofertas sua filha mais velha, que era extremamente bela. O rei aceitou a donzela e a levou para o Egito, onde se casaram e ele lhe deu o nome de Ra-neferu, ou seja, as "belezas de Rá", o deus-sol.

E aconteceu cerca de um ano depois, no final do mês de Payni[91], que Ramsés II estava empenhado em honrar o deus Amon-Rá, senhor de Karnak, em seu festival do sul de

---

[91] Décimo mês do calendário egípcio, o segundo mês da estação de águas baixas do Nilo, chamada de *Shemu*.

Tebas, quando alguém veio correndo em direção à Sua Majestade e a família real. Era um mensageiro recém chegado de Bakhtan com notícias que imediatamente acabaram com o bom humor de todos. Virando-se para a rainha, ele disse:

— Sua irmã, a Princesa Bentresh, está gravemente doente e com muita febre. — Virando-se para o rei Ramsés, que estava obviamente muito preocupado, o mensageiro curvou-se para mostrar seu respeito e disse: — Ó grande rei, todos os médicos em minha terra falharam em suas tentativas de ajudar a princesa. O Egito é conhecido por seus médicos e curandeiros qualificados. Meu mestre, o rei de Bakhtan, pede que o grande faraó, senhor de todas as terras que se encontram sob a cúpula do céu, envie um poderoso curandeiro para Bakhtan para curar sua filha doente.

— É claro — declarou Ramsés sem hesitação. — Farei tudo o que puder para ajudar a irmã da minha querida esposa. Reunirei todos os meus melhores médicos e mágicos para decidir o que deve ser feito.

Ramsés então consultou seus conselheiros e pediu que enviassem um sacerdote que fosse hábil em seu coração e um erudito com os dedos.

Quando o sacerdote real, Thotemhabi, veio à presença de Sua Majestade, ele lhe ordenou que se dirigisse a Bakhtan com o mensageiro. Assim que chegaram lá, o sacerdote se apressou e foi ao encontro de Bentresh. Era óbvio que ela ainda estava bastante doente com uma febre alta. Sua pele estava vermelha e quente, sua respiração pesada e difícil, e ela não parecia reconhecer seu próprio pai, nem qualquer outra pessoa que a visitava.

Após examinar a menina, pareceu-lhe claro que a febre estava sendo causada por um espírito maligno que havia possuído a jovem. Ele fez de tudo para expulsar o espírito de seu corpo, mas sua magia não era forte o suficiente.

— Sinto muito, não sou capaz de ajudá-la. Apenas um deus pode afastar este demônio. Sugiro que peça a meu mestre que envie um de nossos deuses egípcios para tentar.

O rei concordou e imediatamente enviou seu mais rápido mensageiro para Ramsés com o pedido.

Ramsés então foi até a cidade de Tebas, em busca da ajuda do deus da lua, Khonsu. Ele se aproximou da estátua de ouro do deus que repousava sobre um magnífico pedestal esculpido e disse:

— Grande deus Khonsu, que em Hermópolis sois chamado de Grande Khonsu-Thoth, venho até vós hoje em nome da princesa Bentresh, irmã de minha amada esposa. Chegou aos meus ouvidos que ela foi possuída por um espírito e meus sacerdotes me dizem que vós seríeis capaz de livrá-la desse demônio. Seria possível contar com vossa ajuda para viajar até a distante Bakhtan a fim de curar a garota?

Depois de alguns segundos, a grande estátua de ouro lentamente acenou com a cabeça, indicando que o deus havia concordado com o pedido.

Ramsés ordenou que a estátua de Khonsu fosse levada com grande pressa, mas também com muito cuidado, para Bakhtan. Uma grande comitiva de sacerdotes e assistentes foi recrutada para garantir que a viagem fosse tranquila e que a estátua não fosse danificada durante a viagem. E então eles cruzaram desertos, montanhas, florestas e rios, mas, enfim, chegaram ao longínquo reino.

Os sacerdotes egípcios transportaram a estátua para o palácio local e então, guiados pelo rei, foram até o quarto onde Bentresh estava. Quase imediatamente, houve um ruído estrondoso muito alto, e a estátua sagrada começou a brilhar. Todos se assustaram, e se curvaram em admiração e respeito: Khonsu, o deus com o poder de expulsar os demônios, de repente havia se materializado diante de seus olhos. Flutuando em uma esfera que brilhava radiante, a cabeça de falcão do deus se curvou sobre a garota febril e colocou suas mãos em sua testa em chamas.

Khonsu, então, começou sua luta contra o demônio. Tanto o deus quanto a princesa começaram a tremer, pois não se tratava de uma luta fácil. Contudo, não demorou muito para Khonsu vencer a batalha, pois nenhum espírito maligno poderia resistir à sua poderosa magia por muito tempo.

O demônio saiu do corpo da jovem: era uma criatura horrível de aparência retorcida com couro, pele e olhos amarelos. Curvando-se em frente a Khonsu, ele disse:

— Eu admito que não sou páreo para vós, poderoso Khonsu. Peço que tenhais misericórdia e não me destruais completamente!

— Não vos destruirei se me prometerdes não incomodar mais as pessoas na Terra. — respondeu Khonsu, pois ele era, de fato, um deus misericordioso.

— Assim seja. Deixarei Bakhtan para sempre; tudo que peço é que o rei primeiro conceda um banquete para vós e para mim.

Khonsu e o rei concordaram com o pedido do demônio. Eles comeram juntos e o demônio manteve sua palavra e partiu em uma nuvem de fumaça.

A princesa Bentresh então acordou, e, claro, estava completamente curada. Seu pai estava muito feliz, mas como temia que o demônio pudesse voltar, decidiu manter a estátua de Khonsu em Bakhtan. No entanto, depois de três anos, o rei teve um sonho em que viu o deus Khonsu, na forma de um falcão dourado, erguer-se da estátua e voar em direção ao

Egito. Finalmente percebendo que ele não tinha o direito de manter Khonsu longe de sua terra natal, o rei enviou a estátua de volta para Ramsés, junto com vários presentes para marcar sua gratidão por salvar sua filha.[92]

---

92 NARDO, D. *Egyptian Mythology*. New Jersey: Enslow Publishers, 2001.

PARTE III
LITERATURA FUNERÁRIA

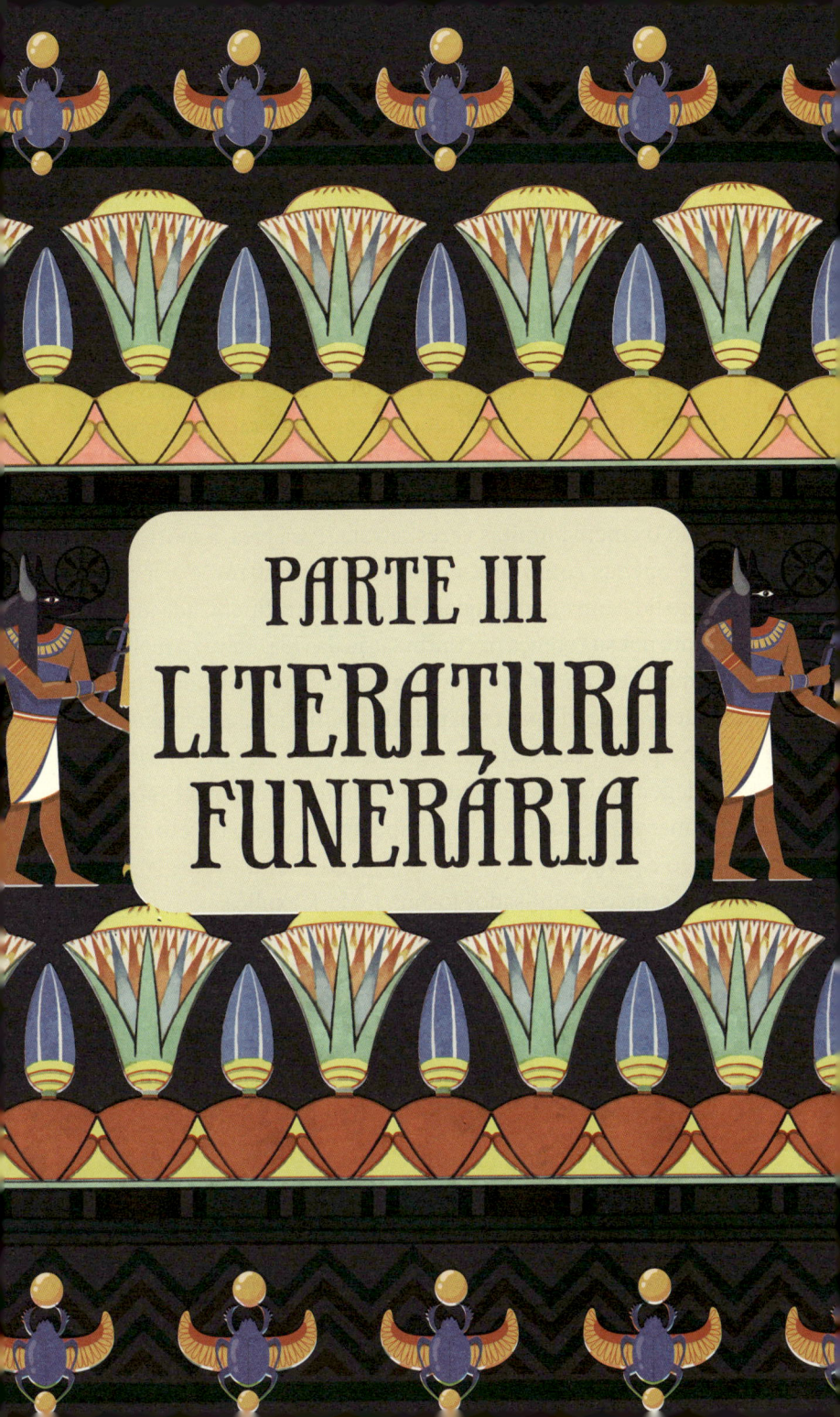

Como vimos, muito do conhecimento que temos acesso sobre a mitologia egípcia antiga teve que, antes, passar por um processo trabalhoso de estudo, comparação e reconstrução pelos especialistas no assunto. Por sorte, os egípcios deixaram sua cultura e religião registradas em diversos contextos diferentes, o que permitiu que os pesquisadores conseguissem mapear boa parte de seus deuses e crenças.

Um material de extrema importância para isso foram os textos funerários. Ao usarmos o termo "funerário" devemos, entretanto, refazer uma observação fundamental: os egípcios não eram obcecados pela morte de uma forma sombria, como o cinema muitas vezes retrata. Para eles, a morte era vista apenas como um momento de passagem, e a forma como lidavam ou interagiam com ela era influenciada justamente por sua crença na continuação da vida. Talvez a melhor forma de entender a morte para esta civilização é como uma viagem só de ida para um país desconhecido, que ninguém tinha pressa de conhecer. Uma vez que alguém morria e a viagem estava agendada, entretanto, eram necessários inúmeros preparativos, pois esperava-se que o trajeto fosse longo e perigoso.

Como o pesquisador Joshua J. Mark explica:

> A fim de garantir que eles chegassem ao seu destino com segurança, os egípcios desenvolveram elaborados rituais mortuários para preservar o corpo, libertar a alma e enviá-la em seu caminho. Esses rituais encorajavam a expressão saudável de luto entre os vivos, mas concluíam com uma festa celebrando a vida do falecido e sua partida, enfatizando como a morte não era o fim, mas apenas uma continuação.[93]

---

93 Ancient Egyptian Mortuary Rituals. 01 de março de 2017. Disponível em: https://www.worldhistory.org/article/1022/ancient-egyptian-mortuary-rituals/

Muitos eram os rituais envolvidos no processo de preparação do falecido para sua jornada até o outro mundo. Aqui, estamos nos referindo desde a questões físicas como a preparação do cadáver até rituais mágicos para que as partes da alma do falecido fizessem uma boa travessia e chegassem em segurança a seu destino. Uma boa parte desses rituais eram, por sorte, registrados nas paredes das tumbas, nos próprios sarcófagos ou em papiros, dependendo da época e da ocasião. Esse material foi — e ainda é — uma fonte fundamental para conhecer como os egípcios entendiam o cosmos e ajudar, como dissemos, os pesquisadores a reconstruírem e preencherem as lacunas que acabaram sendo apagadas pelo tempo.

Antes de falarmos da literatura relacionada ao contexto funerário no Antigo Egito, veremos um breve panorama sobre o sistema funerário utilizado por esse povo, em particular quando se tratava dos faraós e de membros da alta nobreza.

Panorama do sistema funerário egípcio antigo

Como tratado anteriormente, para que a alma chegasse com sucesso à vida após a morte, eram necessários preparativos. Até mesmo os mais pobres recebiam algum tipo de cerimônia póstuma; a diferença estava no nível de complexidade dela. Acreditava-se que se os mortos não tivessem um enterro adequado, poderiam tornar-se fantasmas e assombrar os lugares que costumavam frequentar, assim, tentava-se proporcionar-lhes alguma forma de homenagem. Enquanto os ricos e nobres eram enterrados com objetos de luxo, em tumbas majestosas, os pobres eram enterrados em túmulos simples com os objetos que usaram em vida ou quaisquer artefatos dos quais a família pudesse se separar.[94] Além disso, o famoso processo de mumificação, isto é, a preservação de cadáveres envolvendo-os em bandagens, era muito caro e, dessa forma, os mais pobres acabavam recorrendo a alternativas mais baratas de preparação do corpo.

Ao pensarmos em túmulos egípcios, provavelmente a primeira coisa que nos vem à cabeça são as famosas pirâmides, entretanto, elas tiveram um predecessor: os primeiros túmulos reais egípcios eram chamados de mastabas, e foram construídos em Abidos durante a primeira e segunda dinastias.

Mastaba al-Fir'aun, Egito, onde o rei Shepseskaf foi enterrado, feito de arenito vermelho, granito rosa e calcário Tura. Fotografia de Jon Bodsworth

---

94 MARK, J. *Ancient Egyptian Burial*. World History Encyclopedia. Disponível em: < https://www.worldhistory.org/Egyptian_Burial//>. Acesso em: 28 jan. 2022.

Diferentemente das pirâmides, estas eram estruturas bem menos complexas, de base retangular e laterais inclinadas, feitas em tijolo de barro. Inicialmente, tratava-se de uma simples câmara funerária térrea. A estrutura, entretanto, facilitava muito a ação de ladrões de túmulos. Com isso em mente, e a fim de evitar novos saques, um novo modelo de câmara funerária começou a surgir: uma estrutura subterrânea com compartimentos acima para que as oferendas pudessem ser colocadas ali. A mastaba em si acabava se tornando, portanto, um bloco sólido e mais difícil de ser invadido. Com o passar do tempo, a câmara foi evoluindo para um complexo subterrâneo mais elaborado e se tornando cada vez mais sofisticada. Uma pequena capela passou a fazer parte da estrutura e portas falsas foram adicionadas para que o espírito do falecido pudesse entrar e sair da câmara sem dificuldades.

Na época do Império Antigo, os corpos dos faraós e da maioria da realeza eram colocados em pirâmides ao invés de mastabas, mas elas continuaram a ser usadas por outros egípcios por algum tempo. Em geral, membros hierarquicamente inferiores eram enterrados em mastabas perto da pirâmide onde se encontrava o corpo do faraó. Não se sabe ao certo o motivo da escolha pelo formato da pirâmide, mas uma hipótese frequente é que elas sejam metáforas para a busca da humanidade por uma consciência superior. Em outras palavras, levando em conta tudo que sabemos sobre como os antigos egípcios entendiam o cosmos e os deuses, é viável a hipótese de que a estrutura simbolize o esforço universal da humanidade para alcançar os céus. Uma outra teoria é que ela represente o monte primitivo que surgiu do caos e onde o deus-Sol, Rá, descansou, ou o cume da pirâmide sendo o próprio deus Rá, e suas arestas seus raios de sol.

As pirâmides eram muito mais que um monumento ou homenagem luxuosa ao falecido: apesar de terem, de fato, um apelo visual, elas são muito mais surpreendentes e complexas do que muitos imaginam. Para o homem egípcio antigo, elas eram entendidas, a grosso modo, quase que como um "aparato de ressureição", um conjunto de grandes câmaras preparadas para garantir a existência na vida após a morte. Devemos lembrar que a morte dos antigos egípcios não era o fim da vida, mas o início de uma nova forma de existência, especialmente quando se tratava de seus faraós. A partir desta ideia, elas eram construídas e preparadas não apenas para acomodar o corpo do falecido, mas também para fornecer toda a estrutura necessária para que sua alma fizesse uma passagem segura até a vida após a morte e prosperasse nos Campos de Junco.

Muitos anos poderiam ser gastos na construção e preparação das pirâmides, também conhecidas pelos egípcios como "casas da eternidade". Em geral, as tumbas eram compostas por uma câmara mortuária, que ficava abaixo do solo e abrigava e protegia o corpo e o espírito, e uma capela mortuária próxima, que ficava acima do solo e era acessível aos que vinham visitar o falecido, oferecendo-lhe comida e bebida. Além disso, os visitantes traziam ao falecido governante todos os objetos sagrados e bens materiais que ele pudesse precisar no outro mundo, além de outros objetos considerados essenciais por eles na época, como brinquedos, instrumentos musicais, cosméticos, tubos para armazenamento de delineador, potes de cremes, óleos e gorduras, bifes e costeletas de vitela. Também era comum encontrar animais como touros, pássaros, gatos e babuínos sacrificados e mumificados nas câmaras.

Para que o espírito pudesse circular livremente entre a câmara e a capela e recebesse tudo que lhe traziam, portas falsas eram instaladas, permitindo que ele transitasse com facilidade.

O Dr. Aidan Dodson, profesor honorário de egiptologia da Universidade de Bristol, explica:

> É importante perceber que a pirâmide real era apenas uma parte da máquina mágica geral que transferia o rei morto entre os dois mundos: o dos vivos e o dos mortos. O complexo das pirâmides começava na orla do deserto, onde o vale — agora perdido sob um subúrbio do Cairo — formava um portal monumental. A partir dali, o cortejo fúnebre, sacerdotes e visitantes passariam pelos salões cerimoniais para uma passagem que subia pela escarpa do deserto até o templo mortuário, construído contra a face leste da pirâmide. Ali, atrás de um grande pátio com colunatas, ficava o santuário no qual as oferendas eram feitas ao espírito do rei. Em ambos os lados do templo mortuário havia um barco enterrado — talvez uma lembrança de uma flotilha funerária, ou colocado lá para permitir que o rei viajasse nos céus — e ao sul havia uma pirâmide em miniatura. Essas chamadas pirâmides subsidiárias têm um propósito incerto: geralmente são classificadas como "rituais" — o código dos arqueólogos para "obviamente importante para o povo antigo, mas não temos absolutamente nenhuma ideia do porquê".[95]

---

[95] DODSON, A. *The Great Pyramid: Gateway to Eternity*. BBC. Disponível em: < https://www.bbc.co.uk/history/ancient/egyptians/gateway_eternity_01.shtmlhttps://www.bbc.co.uk/history/ancient/egyptians/gateway_eternity_01.shtml>. Acesso em 29 jan. 2022.

Após a preparação do corpo, o sarcófago — ou caixão — era levado para dentro do túmulo com as provisões. Nele, em geral encontravam-se hieróglifos no sentido vertical — acompanhando a espinha dorsal do corpo — o que acreditavam que daria a força necessária ao falecido para se alimentar. Ritos seguiam sendo feitos em tornos das tumbas e pirâmides por décadas, até séculos, após a morte dos faraós. Nesses ritos, fórmulas mágicas eram declaradas e orações eram feitas, além de cuidarem da estátua do faraó borrifando perfume, pintando seus olhos com uma sombra e os vestindo com roupas novas.

Magia e religião, como vimos, estavam intrinsicamente relacionadas na cultura egípcia. Assim como eram parte essencial da vida do homem na Terra, também se faziam essenciais durante a vida após a morte. Desta forma, os túmulos costumavam ser preenchidos com hieróglifos e as paredes eram pintadas com textos que tinham como objetivo auxiliar o falecido em sua passagem ao submundo, especialmente durante o momento do julgamento de Ma'at. Tudo era preparado com muita antecedência para garantir que ali estivessem todos os recursos de que o falecido necessitasse para fazer a travessia da forma mais tranquila possível.

O conteúdo dos textos encontrados nas paredes podia variar desde listas de realizações e boas ações que ele tivera em vida até encantamentos mágicos para ajudá-lo em sua jornada. Entre esses textos encontrados em contextos funerários, há uma categoria de especial relevância que nos ajudou muito a entender melhor como os egípcios viam o cosmos e entendiam seus deuses: **Os Textos das Pirâmides**.

OS TEXTOS DAS PIRÂMIDES

Os Textos das Pirâmides são o conjunto de escritos religiosos mais antigos do Egito. Trata-se de uma coletânea vasta de fórmulas mágicas, hinos, rituais e listas de oferendas, todas relacionadas à necessidade de sustento do falecido e de proteção contra seres perigosos na vida após a morte. Mais de duzentos deuses e deusas são mencionados nos textos, desde os mais famosos (como Rá, Thoth, Osíris e Ísis) até deidades menos conhecidas. Embora não fosse o intuito dos Textos das Pirâmides fazer uma exposição sistemática dos mitos e da teologia dos egípcios, eles são importantes bases para a reconstrução do pensamento religioso do Império Antigo, e nos dão pistas de como ao menos a nobreza entendia o cosmos.

William Kelly Simpson, professor de egiptologia, arqueologia, literatura egípcia antiga e línguas afro-asiáticas na Universidade de Yale, comenta:

Um estudo cuidadoso desses textos revelará a maneira ingênua como os criadores de mitos egípcios foram capazes de combinar a especulação religiosa e a ideologia política que se desenvolveu em torno da realeza. Existem muitas referências e expressões nos Textos das Pirâmides que fazem pouco sentido para o leitor moderno, mas seu mistério pode, até certo ponto, ser superado pela compreensão do valor simbólico de tal expressão mítica. Apesar da obscuridade de algumas passagens, o gênio religioso e poético de muitos desses textos está em bastante evidência.[96]

Até o momento, os Textos das Pirâmides foram encontrados nas tumbas de dez reis e rainhas em Saqqara, a necrópole da capital do Reino Antigo, Mênfis:

> Uni (V Dinastia, circa 2353-2323 AEC)
> Teti (VI Dinastia, circa 2323-2291 AEC)
> Pepi I (VI Dinastia, circa 2289-2255 AEC)
> Ankhesenpepi II, esposa de Pepi I
> Merenre (VI Dinastia, circa 2255-2246 AEC)
> Pepi II (VI Dinastia, circa 2246-2152 AEC)
> Neith, esposa de Pepi II
> Iput II, esposa de Pepi II
> Wedjebetni, esposa de Pepi II
> Ibi (VIII Dinastia, circa 2109-2107 AEC).

No fim do Império Antigo, trechos dos Textos eram inscritos também em objetos funerários de pessoas que não faziam parte da realeza. Já em meados do Império Novo, alguns dos textos foram incorporados em novas composições funerárias como n'O Livro dos Mortos, sendo usadas até o fim da era dos faraós.[97]

Geralmente escritos em colunas verticais nas paredes internas de cada pirâmide, os Textos são divididos em "feitiços", isto é, unidades menores, como que capítulos, formando, cada um, um ato de recitação. Eles auxiliariam o falecido em sua trajetória para a vida após a morte, além de "lembrar ao rei

---

96 SIMPSON, W. K. *The Literature of Ancient Egypt*. 3 ed. New Haven: Yale University Press, 2003.

97 ALLEN, J. P. *The Ancient Egyptian Pyramid Texts*. Atlanta: Society of Biblical Literature, 2005.

quem ele fora em vida e o que ele havia conquistado. Quando sua alma acordasse na tumba, ele veria essas imagens e o texto que as acompanha e seria capaz de se reconhecer."[98]

São três os principais grupos de feitiços: os **Rituais de Oferenda e Insígnias**, o **Ritual de Ressurreição** e o **Ritual da Manhã**.

Por limitações de espaço, selecionamos algumas inscrições interessantes, apontando as respectivas partes do ritual a que faziam parte. Ao leitor que tenha interesse em explorar mais a fundo os Textos das Pirâmides e as práticas ritualísticas que acompanhavam cada feitiço, sugere-se *The Ancient Egyptian Pyramid Texts*, de James P. Allen.

Feitiço para proteção da múmia
(Encontrado na tumba do Faraó Uni)

A cobra está entrelaçada pela cobra, o bezerro desdentado que emergiu do jardim está entrelaçado. Terra, engula o que surgiu de você!

Monstro, deite-se, rasteje para longe!

O Servo do brilho do sol cai na água. Cobra, vire-se, para que o Sol possa vê-la!

A cabeça do grande touro preto é decepada. Cobra Hpnw, digo isso sobre você! Escorpião que expulsa Deus, digo isso sobre você! Vire-se, penetre na terra, você, sobre quem eu estou falando!

---

98 MARK, J. *The Coffin Texts*. World History Encyclopedia. Disponível em: < https://www.worldhistory.org/article/1021/the-coffin-texts/>. Acesso em: 29 jan. 2022

Rosto cai sobre rosto, rosto viu rosto. A faca salpicada, toda preta e verde, emergiu e engoliu aquele que ela lambeu.

Esta é a unha de Atom, aquela na vértebra da coluna vertebral de Ka-Allocater, aquela que tirou o caos de Hermópolis. Caia, rasteje para longe!

[...]

Cobra, para o céu! Centopeia de Hórus, para a terra! O vaqueiro, Hórus, está pisando. Eu pisei no caminho das cobras de Hórus inconscientemente, sem saber. No seu rosto, você em sua vegetação rasteira! Seja arrastado, você em sua caverna! O forno de Hórus que está em toda a terra, Oh, deixe o monstro ir embora!

Cuspe de parede, vômito de tijolo! Aquilo que saiu da sua boca se voltou contra você mesmo.

O fogo foi extinto, nenhuma lâmpada foi encontrada na casa onde está o Ombite. A cobra na iminência de picar está por toda a casa daquele que ela planeja atacar, escondida.[99]

O ritual de oferta
(Encontrado na tumba do Faraó Uni)

A seguir, temos um feitiço longo. Encontrado também na tumba do Faraó Uni, é possível ver com clareza nele os diferentes momentos do ritual com suas características particulares, todos com o intuito de facilitar ou até mesmo possibilitar a passagem do falecido para a vida após a morte.

---

99 ALLEN, J. P. *The Ancient Egyptian Pyramid Texts*. Atlanta: Society of Biblical Literature, 2005. p. 32.

LIBAÇÃO[100]

Osíris, leve para você todos aqueles que odeiam a
Uni e todos os que falam mal do nome dele.
Thoth, vá, leve-o para Osíris: pegue aquele que
fala mal de Uni; coloque-o em sua mão.
[recitar 4 vezes] Não o solte: cuidado para não
deixá-lo solto.
[Acontece a libação]

INCENSAMENTO[101]

Alguém partiu com seu *ka*:
Hórus partiu com seu *ka*; Set partiu com seu *ka*;
Thoth partiu com seu *ka*; o deus foi com seu *ka*;
Osíris partiu com seu *ka*; Khentiirti[102] foi com seu *ka*:
você também foi com seu *ka*.

Ho, Uni! O braço do seu *ka* está diante de você.
Ho, Uni! O braço do seu *ka* está atrás de você.
Ho, Uni! O pé do seu *ka* está diante de você.
Ho, Uni! O pé do seu *ka* está atrás de você.
Uni de Osíris, eu dei a você o olho de Hórus: forneça-o ao
seu rosto. Deixe que o cheiro do olho de Hórus se espalhe.
[Recitar quatro vezes. Usar incenso e fogo.]

---

100 A libação se trata do ato de derramar e oferecer algum líquido à pessoa falecida. Ele podia acontecer no ritual funerário, mas também em outros contextos, como em um ritual de honra a algum antepassado.

101 O incenso era muito utilizado pelos egípcios antigos — especialmente nos rituais funerários, desde o momento da morte até o enterro. Eles acreditavam que os incensos tinham propriedades mágicas que auxiliariam o morto a continuar sua vida após a morte.

102 Deus cabeça de falcão de Letópolis

LIMPANDO A BOCA COM ÁGUA SALGADA

Estas suas águas frias, Osíris, estas suas águas frias,
oh Uni, vêm de seu filho, vêm de Hórus.
Eu vim buscar o olho de Hórus, para que seu coração
assim se refresque; Eu o coloquei debaixo de você
e de suas sandálias.
Aceite o fluxo que vem de você: seu coração não se cansará.

[Recitar quatro vezes: "Venha, você foi invocado."]
[Usar água fria e 2 pelotas de natrão]

Leite condensado,[103] leite condensado, que sai de
sua boca, ei, Uni! Você pode provar seu sabor na frente
das cabines dos deuses:
a saliva de Hórus, leite condensado;
a saliva de Set, leite condensado;
a reconciliação dos corações dos dois deuses,
leite condensado.

[Recitar quatro vezes: Seu sal de natrão está entre
os seguidores de Hórus.]
[Usar 5 pelotas de natrão de Nekheb do Vale do Nilo]

Seu natrão é o natrão de Hórus;
Seu natrão é o natrão de Set;
Seu natrão é o natrão de Thoth;

Seu natrão é o natrão do deus:
Seu próprio natrão está entre eles.

---

103 Provavelmente uma referência à semelhança entre a cor e consistência da solução de água salgada, e o leite que engrossou ao ficar parado por muito tempo.

A tua boca é a boca de um bezerro de leite no
dia em que nasce.
[Usar 5 pelotas de natrão do Delta]
[...][104]

O ritual de abertura da boca

Para que pudesse sobreviver na vida após a morte, o falecido deveria continuar se alimentando, mas, para isso acontecer, alguns preparativos deveriam ser feitos. O ritual de abertura da boca era uma das partes mais importantes do processo de ritual funerário. Tratava-se de uma cerimônia feita com o intuito de "transformar o falecido em akh, o espírito reanimado e eficaz que era um dos elementos do antigo conceito egípcio de alma."[105] Assim, quando feito em uma múmia, o ritual permitia que o falecido recebesse comida e bebida, além de respirar e ser capaz de ver. Tratava-se de um ritual complexo, que exigia a recitação de vários feitiços e o uso de diversos instrumentos específicos, além do sacrifício de um bezerro.

Ho, Uni! Eu conserto suas mandíbulas
abertas por você.
Uni de Osíris, eu abro sua boca para você.
Uni, aceite o olho de Hórus, que partiu: eu o recuperei
para que você pudesse colocá-lo em sua boca.
[Usar sal *Zrw* do Vale do Nilo e sal *Srw* do Delta]
Ho, Uni! Aceite o mineral *šjkw* de Osíris.
[oferecer o mineral *šjkw*]

---

104   ALLEN, J. P. op. cit. p. 34.

105   HILL, J. *The Opening of the Mouth.* Ancient Egypt Online. Disponível em: < https://ancientegyptonline.co.uk/openingofthemouth/>. Acesso em: 29 jan. 2022.

Aqui está a ponta do peito do próprio corpo de
Hórus: coloque-a na sua boca.
[segurar um jarro de leite]
Aqui está o seio de sua irmã lactante Ísis, que você
deve levar para
sua boca.
[segurar um jarro vazio]
Aqui estão os dois olhos de Hórus, preto e branco: leve-os
ao seu semblante, para que iluminem seu rosto.
[segurar um frasco branco e um frasco preto, levantando-os]

A REFEIÇÃO DE ABERTURA DA BOCA

Contente para você é o Sol no céu, e contente para
você são as Duas Senhoras.
Contente para você é a noite, contente para você
são as Duas Senhoras.
Contentamento é o que é obtido por você,
Contentamento é o que você vê, contentamento é
o que você ouve,
O contentamento está diante de você, o
contentamento está atrás de você,
Contentamento é o seu lote.
[segurar um pão fresco]

Uni de Osíris, aceite os dentes brancos de Hórus,
que preenchem sua boca.
[oferecer uma bacia com cinco cabeças de cebola]
[recitar quatro vezes:]
Uma oferta dada pelo rei ao ka de Uni.
Uni de Osíris, aceite o olho de Hórus, seu pão, e coma.

[oferecer pão]
Uni de Osíris, aceite o olho de Hórus, que escapou de Set,
que você deve levar à boca e com o qual você
deve separar a sua boca.
[Uma jarra de quartzito branco de vinho]

Uni de Osíris, abra sua boca com o que é cheio de você.
[Um jarro de quartzito preto de vinho]
Uni de Osíris, aceite a espuma que vem de você.
[Um jarro de quartzito preto de cerveja]
Sol, seu amanhecer — você no céu, seu amanhecer — é
para este Uni, senhor de tudo.
Tudo é para o seu corpo, tudo é para o ka do Uni,
tudo é para o corpo Dele.

[varrer a mesa de oferendas]
Uni, aceite o olho de Hórus, que você deve provar.
[oferecer um bolo de "lombo"]
Ó vós, enterrados, ó vós das trevas!
[oferecer um pão de mingau]
Uni, aceite o olho de Hórus, que você deve abraçar.
[oferecer um rim]
Uni, aceite o olho de Hórus, que escapou de Set
e foi resgatado por você: abra a boca com isso.
[oferecer uma taça de quartzito branco de vinho]
Uni, aceite a espuma que vem do Osíris.
[oferecer uma bacia de quartzito preto de cerveja]
Uni, aceite o olho de Hórus, que foi resgatado por você:
ele não pode estar longe de você.
[oferecer um jarro de metal de cerveja]
Uni, aceite o olho de Hórus: se alimente com ele.
[oferecer um jarro de cerveja enegrecida]

UNÇÃO

Uni de Osíris, eu enchi seu olho com óleo.
[recitar 4 vezes]
[usar óleo de fragrância de festivais]
Uni de Osíris, aceite a espuma que vem do rosto dele.
[usar óleo de jubilação]
Uni de Osíris, aceite o olho de Hórus, no qual ele causou devastação.
[usar óleo de fragrância de pinho]
Uni de Osíris, aceite o olho de Hórus, ao qual ele se juntou.
[usar óleo de "reingresso"]
Uni de Osíris, aceite o olho de Hórus, com o qual ele conseguiu os deuses.
[usar óleo de "apoio"]
Unguento, unguento, onde você deveria estar? Você na testa de Hórus, onde você deveria estar? Você estava na testa de Hórus, mas vou colocá-lo na testa deste Uni.
Você deve tornar a sensação de usá-lo satisfatória para ele, você deve prover-lhe o *akh,* deve fazê-lo ter o controle de seu corpo; devia colocar sua ferocidade nos olhos de todos os *akhs* que olharão para ele e todo mundo que ouve seu nome também.
[usar óleo de cedro da melhor qualidade]
Uni de Osíris, eu tenho para você o olho de Hórus, que ele adquiriu, para a sua testa.
[usar óleo da Líbia da melhor qualidade]

APRESENTAÇÃO DA TINTA PARA OS OLHOS

[recitar quatro vezes]
Uni de Osíris, o olho de Hórus foi pintado
sadio na tua face.
[um pote de tinta verde para os olhos, um
pote de tinta preta para os olhos]
[...]

LIBAÇÃO E LIMPEZA

[...]
PREPARAÇÃO DA MESA DE OFERTAS
Thoth, pegue-o.
Venha até ele com o olho de Hórus.
[Aproximam-se da mesa]
Dê-lhe o olho de Hórus, para que ele se contente.
[Traz-se a oferta do rei]
Uni de Osíris, aceite o olho de Hórus, com o
qual ele ficou satisfeito.
[Faz-se a oferta do rei, duas vezes]
Uni de Osíris, aceite o olho de Hórus e se contente com ele.

[RECITAÇÃO]
Faça com que volte para você.
[Sentam-se em silêncio e faz-se a invocação do rei]
Uni de Osíris, aceite o olho de Hórus: leve-o à boca.

A REFEIÇÃO DE "LAVAGEM DA BOCA":

[1 PÃO, 1 JARRO (DE CERVEJA)]
Uni de Osíris, aceite o olho de Hórus:
evite que ele o atropele.
[1 pedaço de pão]
Uni de Osíris, aceite o olho de Hórus, que ele puxou.
[1 pedação de pão]
Uni de Osíris, aceite o pequeno olho de Hórus, do qual
Set comeu.
[1 jarro de cerveja forte]
Uni de Osíris, aceite o olho de Hórus, do qual desviaram.
[1 jarro de cerveja]
Uni de Osíris, aceite o olho de Hórus: levante-o
até o rosto.
[levantar 1 pão e um jarro de cerveja]
Levante o rosto, Osíris; levante o rosto, oh Uni,
que se tornou *akh*.
Levante o rosto, Uni, estimado e afiado, e veja o que
veio de você, atingindo aquele que está preso nela.
Lave-se, Uni, e abra sua boca com o olho de Hórus.
Você deve convocar seu ka, ou seja, Osíris,
e ele deve defendê-lo
de cada ira dos mortos.
Uni, receba para si este seu pão, que é o olho de Hórus.
Uni de Osíris, aceite o olho de Hórus, pelo qual
você se abriu.
Forneça-se a espuma que vem de você.
[repetir 4 vezes]
[a refeição: 1 pão, 1 jarro de cerveja]
Uni de Osíris, aceite aquele da haste, o olho de Hórus.
[1 bacia com carne]

LIMPANDO A BOCA

Uni de Osíris, reúna para você a água que está nele.
[1 bacia de água]
Uni de Osíris, aceite o olho de Hórus, que limpou sua boca.
[2 taças de natrão de limpeza]
Uni de Osíris, aceite o olho de Hórus; leve-o à boca.

A "LAVAGEM DA BOCA"(REFEIÇÃO):

[1 pão, 1 jarro de cerveja]
PÃO E CEBOLAS
Uni de Osíris, aceite o olho de Hórus, que Set pisou.
[1 pão "pisoteado"]
Uni de Osíris, aceite o olho de Hórus, que ele puxou.
[1 pão "puxado"]
Uni de Osíris, adquira para você o seu rosto.
[2 fatias de pão *Htœ*]
Uni de Osíris, eu consegui aqueles que se parecem com o seu rosto.
[2 fatias de pão de cone]
Uni de Osíris, eu coloquei seu olho.
[4 fatias de pão de sabor]
Uni de Osíris, aceite o olho de Hórus: evite
que ele sinta dor.
[4 fatias de pão de cerveja]
Uni de Osíris, receba em si mesmo sua cabeça.
[recitar 4 vezes. 4 fatias de pão *ŠNS*]
Uni de Osíris, aqui está o seu olho: adquira você mesmo.
[recitar 4 vezes. 4 fatias de pão "na Terra"]
Uni de Osíris, aceite o olho de Hórus, que ele carregou.

[1 bacia com 4 pães *ḤNFW*]
Uni de Osíris, aceite o olho de Hórus: não o deixe pular.
[1 bacia com 4 pães de *ḤBNNT*]
Uni de Osíris, aceite o olho de Hórus, que ele arrancou.
[1 bacia com 4 pães de trigo]
Uni de Osíris, aqui está o olho de Hórus, colocado em sua boca para você.
[1 bacia com 4 pães *jdate* truncados]
Uni de Osíris, aceite o olho de Hórus, seu pão, e coma.
[4 fatias de pão]
Uni de Osíris, aceite o olho de Hórus, que ele arrancou.
[1 bacia de 4 fatias]
Uni de Osíris, receba seus dentes brancos e saudáveis.
[1 bacia de 4 cebolas]
[...]

DEDICANDO A OFERTA

Uni de Osíris, que o que você tem perdure com você.
[dedicar as ofertas]

INVOCAÇÃO DO RITUAL DE OFERTA

RECITAÇÃO. Ei! Vire-se! Ah ah!
Ho, Uns! Levante-se e sente-se diante de mil pães,
de mil barris de cerveja, da carne assada, sua costela do matadouro, do pão "puxado".
Assim como se oferta a Deus, a Uni é fornecido este pão.
Você veio para o seu *ba*, Osíris, *ba* entre os *akhs*,
no controle de seus lugares, a quem a Enéade
atende no Complexo Oficial.

Ho, Uni! Eleve-se a mim, dirija-se a mim: não vá para
longe de mim, morador da tumba, e volta para mim.
Eu dei a você o olho de Hórus, eu o entreguei a você:
que consigo ele perdure.
Ho Uni! Levante-se, receba de mim este seu pão.
Ho, Uni! Eu lhe servirei.
[...]

RETORNO DAS OFERTAS

Ho, Uni de Osíris! Volte-se para este seu pão;
receba-o de mim.
[recitar 4 vezes] Que os olhos de Hórus
permaneçam com você.

LIBAÇÃO E INCENSO

Alguém levou o seu *ka*:
Hórus partiu com o seu *ka*; Set partiu com o seu *ka*;
Thoth partiu com seu *ka*; o deus partiu com seu *ka*;
Osíris partiu com seu *ka*; o Olho de Hórus partiu com
seu *ka*:
Você também partiu com o seu *ka*.
Ho, Uni! O braço do seu *ka* está diante de você.
Ho, Unis! O braço do seu *ka* está atrás de si.
Ho, Uni! O pé do seu *ka* está diante de você.
Ho, Unis! O pé do seu *ka* está atrás si.

Uni de Osíris, eu dei a você o olho de Hórus:
ponha-o em seu rosto. Deixe que o cheiro

do olho de Hórus se espalhe sobre você.
Saudações, incenso! Saudações, irmão de Deus!
Saudações, grande quem quer que seja
nos membros de Hórus!
Você de grande pureza, espalhe-se na sua
identidade do bolo (de incenso):
deixe seu perfume estar em Uni e o purifique.
Olho de Hórus, que você se torne alto e
grande em direção a Uni.
[esmagar as ofertas]
Este é o [firme] olho [de Hórus]: foi trazido a
você para que possa tornar-se poderoso e ele
lhe possa temer.
[esmagar os potes de barro]

Um feitiço para ascensão

Salve, Uni! (essas palavras devem ser ditas quatro vezes)
Os mensageiros do seu ka vieram atrás de você,
Os mensageiros de seu pai vieram atrás de você,
Os mensageiros de Rá vieram atrás de você.
Siga atrás do seu sol, para que você possa se purificar.
Seus ossos são os falcões divinos e os uraei que estão no céu.
Você vai morar ao lado do deus,
Você vai confiar sua casa a seu filho, que você gerou.
Quanto a quem fala mal contra o nome de Uni quando você vai embora,
Geb irá rebaixá-lo ao lugar mais inferior em sua cidade.
Ele recuará e ficará cansado.
Mas você se purificará nas águas celestiais.

Você descerá sobre as bandas de bronze nos braços de Hórus
Em nome d'Aquele que está na Barca Henu.

(Toda) a Humanidade deve lhe aclamar
Pois as estrelas que não conhecem a destruição lhe exaltaram.
Vá até o lugar onde seu pai mora,
Até o lugar onde Geb mora,
E ele lhe dará o *ureu* que está na testa de Hórus.
Através dele você se tornará um *akh*,
Através dele você se tornará poderoso,
Por meio dele, você será proeminente entre os ocidentais.[106]

Os mortos sobem até Atom-Rá

Este feitiço tem como intuito auxiliar o falecido em sua trajetória até o encontro com o deus Atom-Rá. Repare não apenas o nome de vários deuses são mencionados, mas também há alguma alusão a algumas de suas características ou atributos, o que foi de extrema importância para que os estudiosos conseguissem reconstruir um pouco do panteão egípcio.

Ó, Rá-Atom, este Uni vem como um *akh* que não conhece a destruição.
Como Senhor do destino dos confins da Terra.
Seu filho veio até você, este Uni veio até você.
Você vai viajar pelo firmamento, unido na escuridão,

---

[106] SIMPSON, W. K. *The Literature of Ancient Egypt.* 3 ed. New Haven: Yale University Press, 2003. p. 248.

E você vai subir no horizonte, no lugar onde você brilhará.
Ó Set e Néftis, vão e declarem aos deuses do Alto Egito e seus *akhu*[107]:
"Vejam! Este Uni vem de fato como um espírito que não conhece a destruição.
Se ele quiser que você morra, então você morrerá;
Se ele quiser que você viva, então você viverá."
Ó Rá-Atom, este Uni veio a você como um *akh* que não conhece a destruição,
Como Senhor do destino dos confins da Terra.
Seu filho veio até você, este Uni veio até você.
Você vai viajar pelo firmamento, unido na escuridão,
E você vai subir no horizonte, no lugar onde
você brilhará.
Ó Osíris e Ísis, vão e declarem aos deuses
do Baixo Egito e seus *akhu*:
"Vejam! Este Uni veio de fato como um espírito
que não conhece a destruição.
Louvado seja ele, Senhor do dilúvio do Nilo.
Louvai-o, ó espíritos que estão nas águas.
Para quem ele quiser viver, ele viverá;
Para quem ele quiser morrer, ele, de fato, morrerá."

Ó Rá-Atom, este Uni veio a você como um *akh* que não conhece a destruição,
Como Senhor do destino dos confins da Terra.
Seu filho veio até você, este Uni veio até você.
Você vai viajar pelo firmamento, unido na escuridão,
E você vai subir no horizonte, no lugar onde
você brilhará.

---

[107] Plural de *akh*.

Ó Thoth, vá e declare aos deuses ocidentais e seus *akhu*:
"Vejam! Este Uni veio como um *akh* que não
conhece a destruição.
Adornado como Anúbis em volta do pescoço,
governante da alteza ocidental.
Ele provará os corações, pois é poderoso
sobre os corações.
Visto que quem ele quiser que viva, viverá;
E quem ele quiser que morra, morrerá."

Ó Rá-Atom, este Uni veio a você como um *akh*
que não conhece a destruição,
Como Senhor do destino dos confins da Terra.
Seu filho veio até você, este Uni veio até você.
Você vai viajar pelo firmamento, unido na escuridão,
E você vai subir no horizonte, no lugar onde
você brilhará.
Ó Hórus, vá e declare ao bau oriental e seu *akhu*:
"Vejam! Este Uni veio como um *akh* que não
conhece a destruição.
Visto que quem ele quiser que viva, viverá;
E quem ele quiser que morra, morrerá."

Ó Rá-Atom, seu filho veio até você, Uni veio até você.
Faça com que ele suba até você e segure-o
contra você em seu abraço.
Pois ele é seu filho, o filho do seu corpo
para a eternidade.
Salve, Osíris Teti! Levante-se agora!
Hórus veio para acomodá-lo entre os deuses.
Hórus o colocou, deu-lhe amor e cuidado,

Hórus fixou seus olhos em você;
Hórus abriu seu olho para que você pudesse ver com ele.
Os deuses levantaram seu rosto por você, pois colocaram seu amor em você.
Ísis e Néftis restauraram sua força,
E Hórus não está distante de você, pois você é o seu *ka*,
E a sua vista ficará encantada com ele.
Apresse-se e leve para si a palavra de Hórus para estar em paz com isso.
Ouça, Hórus! O mal nunca acontecerá a você,
Pois ele designou os deuses para atendê-lo.

Salve, Osíris Teti! Acordado agora!
Geb trouxe Hórus até você para que ele possa acomodá-lo.
Hórus lhe encontrou e se tornou um *akh* através de você.
Hórus designou os deuses para se aproximarem de você,
Ele lhes deu você para que iluminem seu rosto.
Hórus lhe colocou na vanguarda dos deuses
E ordenou que você reivindicasse sua total supremacia.
Hórus se vinculou a você e nunca se separará.
Hórus deu-lhe vida neste seu nome de "Andjety".
Hórus deu a você seu olho poderoso,
Ele deu tudo isso você para que você pudesse ser poderoso,
E que todos os seus inimigos possam temê-lo.
Hórus o tornou completo e inteiro com seu olho neste nome de
"Oferta Divina".

Hórus levou os deuses cativos em seu nome,
E eles não fugirão de você no lugar para onde você foi.
Hórus reuniu os deuses para você,
E eles não vão fugir de você no lugar em
que você se afogou.
Néftis uniu para você todos os seus membros
Neste seu nome de "Seshat"[108],
a Senhora das Construções.
Ela os restaurou para você,
Para que você seja dado a sua mãe Nut em
seu nome de "Sarcófago".
(Nut) lhe segurou em seu nome de "Sarcófago",
E você foi levado até ela em seu nome de "Tumba".
Hórus uniu seus membros por você, e ele
não permitirá que você se decomponha.
Ele o montou e não haverá desordem dentro de você.
Hórus o estabeleceu; não vacile.

Salve, Osíris Teti! Levante seu coração!
Tenha orgulho! Abra sua boca!
Hórus o protegeu e sua proteção a você não falhará.

Salve, Osíris Teti! Você é um deus poderoso
e não existe deus como você.
Hórus deu a você seus filhos para que eles o
criem nas alturas.
Ele deu a você todos os deuses, para que eles
possam atendê-lo,
E que você possa governar sobre eles.
Hórus lhe carregou em seu nome de "Barca de Henu",
E ele vai lhe exaltar em seu nome de "Sokar".

---
108 Deusa da inteligência e do conhecimento, mas também da arquitetura.

Você viverá e viajará todos os dias;
Você deve se tornar um *akh* em seu nome de "Horizonte de onde Rá surge";
Você será honrado, você será poderoso,
Você será um *ba*, você será poderoso por séculos.[109]

Feitiço 112
Um feitiço para a ressurreição

O Grandioso decaiu
Aquele que é de Nedit[110] estremeceu;
Mas sua cabeça foi levantada por Rá,
Pois ele despreza o sono e despreza a languidez.
Ó carne de Teti,
Não apodreça, não apodreça, não cheire mal.

Seu pé não se perderá, seus movimentos não se desviarão,
Você não pisará na decadência de Osíris.
Você deve se aproximar do céu como Órion,
E seu *ba* ficará vigilante como Sothis.
Você será um *ba*, pois um *ba* é o que você é;
Você será honrado, pois você está honrado.
Seu *ba* ficará entre os deuses como Hórus de Iru.
Deixe o temor por você crescer no coração dos deuses,
Como a coroa de Neith na cabeça do Rei do Baixo Egito,
Como a coroa do Alto Egito sobre a cabeça de seu Rei,
Como as tranças nas cabeças dos beduínos.

---

109 SIMPSON, W. K. *The Literature of Ancient Egypt*. 3 ed. New Haven: Yale University Press, 2003. p. 249.

110 Referência ao local mitológico onde Set matou Osíris.

Você deve segurar firmemente as mãos das estrelas que não conhecem a destruição;

Seus ossos nunca morrerão, sua carne
nunca se decomporá.
Ó Teti, seus membros não estarão longe de você,
Pois você é de fato um dos deuses.

Pe navega para o sul até você, Dep[111] navega para o norte até você.
O ritual de luto lamenta por você, os sacerdotes vestem suas roupas especiais por você.
"Venha em paz!" (É dito) para você, ó Teti, por seu pai,
"Venha em paz!" (É dito) para você por Rá.
Os portais do céu se abrem para você, os portões do Duat[112] se revelam para você,
Pois você desceu como o chacal do Alto Egito,
Mesmo como Anúbis que reclina sobre o estômago,
Mesmo como Wepiu[113] que está à frente do On[114].

A Grande Donzela que está em On colocou
as mãos sobre você,
Pois você não tem mãe humana para lhe dar à luz,
Pois você não tem pai humano para gerá-lo.
Sua mãe é a Grande Vaca Selvagem de Nekheb,
Aquela que usa o lenço branco real na cabeça,
Ela que usa as plumas elevadas, ela que

---

[111] Cidades no noroeste do Delta.

[112] O mundo dos mortos.

[113] Um deus com cabeça de chacal por vezes mencionado nos Textos das Pirâmides, identificado como o rei falecido.

[114] Heliópolis

tem seios pendentes;
Ela vai cuidar de você e nunca o desmamar.
Faça força do seu lado esquerdo,
Coloque-se do seu lado direito,
Pois seus tronos entre os deuses estão estabelecidos,
E Rá lhe apoia com seu ombro.
Seu odor é o odor deles,
Seu suor é o suor das Duas Enéades.
Você aparecerá com o cocar real,
Sua mão segurando o cetro,
E seu punho segurando o bastão.
Fique na vanguarda dos Conclaves do
Alto e Baixo Egito;
Arbitrem entre os deuses,
Pois você está entre aqueles que cercam Rá,
Aqueles que estão antes da estrela da manhã.
Você vai nascer em seus meses como a lua,
Rá irá apoiá-lo no horizonte,
E as estrelas que não conhecem a destruição
irão acompanhá-lo.
Prepare-se para a vinda de Rá,
Para que você possa ser puro quando for até ele
Os céus não ficarão sem você para a eternidade.[115]

---

[115] SIMPSON, W. K. *The Literature of Ancient Egypt*. 3 ed. New Haven: Yale University Press, 2003. p. 252.

OS TEXTOS DOS SARCÓFAGOS

Os textos dos Sarcófagos são um conjunto de 1.185 feitiços[116] que datam do Primeiro Período Intermediário, isto é, fazem uma ponte entre os Textos das Pirâmides e o Livro dos Mortos, que veremos um pouco mais adiante. Embora, como o nome já sugere, a maioria desses textos foi encontrada inscrita em sarcófagos, alguns também foram achados em estelas, em papiros, máscaras mortuárias e baús canópicos.

Assim como os Textos das Pirâmides, os Textos dos Sarcófagos tratam da vida após a morte, porém falam também sobre o submundo. Por não se tratar de uma diferença de muito contraste, estudiosos argumentam que a divisão entre Textos das Pirâmides e Textos dos Sarcófagos seja uma mera divisão moderna e que, na percepção dos antigos egípcios, talvez não houvesse muita diferença entre eles — ao menos não em intenção ou conteúdo —, sendo apenas registrados em suportes diferentes.

Assim como os Textos das Pirâmides, os Textos dos Sarcófagos também são um material de extrema importância para entendermos melhor como os antigos egípcios compreendiam o universo, especialmente porque eles nos dão pistas sobre a mudança cultural e religiosa entre o Reino Antigo e o Primeiro Período Intermediário do Egito e esclarecem o

---

[116] Como coletado por Adriaan De Buck. Cf. BUCK, A. *The Egyptian Coffin Texts: Texts of Spells*. Chicago: University of Chicago Press, 1935.

desenvolvimento das crenças religiosas do povo. [117] Uma teoria comumente aceita é que o que antes era acessível apenas ao rei, aos poucos passou a estar disponível para alguns nobres, oficiais e algumas pessoas comuns também.[118]

Acredita-se que muito desse processo pode estar relacionado a vários fatores: primeiramente, não havia mais tanto dinheiro para se construir grandes pirâmides majestosas, nem um governo tão centralizado como outrora fora para planejar que elas fossem construídas. Os bens começaram também a ser produzidos em massa por artesãos, isto é, deixaram de ser peças raríssimas e, consecutivamente, passaram a ter preços mais acessíveis. Somado a isso, também há o fato da popularização do mito de Osíris durante o Primeiro Período Intermediário, o deus que prometia vida eterna a quem acreditasse nele.

Sobre essa provável democratização dos textos e do acesso à vida após a morte, Helen Strudwick, curadora de Antiguidades Egípcias no Museu Fitzwilliam, na Inglaterra, explica:

> *Os Textos das Pirâmides eram usados exclusivamente para o rei e sua família, mas os Textos dos Sarcófagos eram usados principalmente pela nobreza e funcionários de alto escalão, e por pessoas comuns que podiam pagar para que fossem copiados. Os textos dos sarcófagos significavam que qualquer pessoa, independentemente da classe e com a ajuda de vários feitiços, agora poderia ter acesso à vida após a morte.*[119]

---

117 MARK, J. *The Coffin Texts*. World History Encyclopedia. Disponível em: < https://www.worldhistory.org/article/1021/the-coffin-texts/>. Acesso em: 29 jan. 2022.

118 Entre os dois períodos, houve uma leve descentralização do governo, que passou a contar também com governantes regionais (nomarcas), resultando na democratização de bens e serviços.

119 STRUDWICK, H. *The Encyclopedia of Ancient Egypt*. Londres: Amber Books, 2016.

Ainda que Osíris tenha papel de destaque nos textos, eles fazem referência a diversos deuses. Neles, também são introduzidos conceitos e figuras essenciais, como o aspecto moral apresentado pelo julgamento dos mortos e a serpente Apófis.

Os sarcófagos podiam ser de diversos materiais, desde madeira, até mesmo cerâmica, prata ou ouro. Os escribas tentavam utilizar o máximo do espaço que tinham para descrever a vida da pessoa na Terra com detalhes, fazendo uso inclusive de ilustrações, pois acreditavam que a alma do falecido acordaria e precisaria daquelas informações para se lembrar quem ela era. Os textos geralmente eram escritos com tinta branca, mas tinta vermelha também era utilizada quando era necessário dar ênfase a alguma parte, como quando descreviam alguma força do mal ou algum monstro.

Com o tempo, embora os sarcófagos continuassem sendo inscritos com feitiços, os Textos dos Sarcófagos foram substituídos pelo Livro dos Mortos, que servia de guia para a vida eterna.

O LIVRO DOS MORTOS

Apesar do nome, o "Livro dos Mortos" não se trata de um livro, mas, sim, de uma coleção gigante de feitiços funerários que tinham como objetivo ajudar a alma do falecido a encontrar seu caminho na vida após a morte. Alguns dos feitiços em questão, como é de se esperar, têm origem nos Textos das Pirâmides e dos Sarcófagos, mas há também muitas coisas novas que foram adicionadas.

Não existe uma cópia que contenha todos os feitiços já encontrados, mas há alguns que estão sempre — ou quase sempre — presentes, como o famoso feitiço [125] que descreve o julgamento do coração do falecido pelo deus Osíris no Salão da Verdade. Além disso, não existiam duas coletâneas exatamente iguais, pois cada indivíduo encomendava sua própria versão, com mais ou menos feitiços, de acordo com o quanto podia pagar.

O livro como a ideia de um bloco de papel dobrado em forma de códex, contendo uma capa para protegê-lo — isto é, um conceito mais próximo do nosso moderno — só se tornou comum no Egito no século II EC.[120] Os livros eram grandes rolos de papiro, que exigiam um longo e trabalhoso processo de fabricação; assim, os feitiços d'O Livro dos Mortos eram geralmente escritos em hieróglifos ou em escrita hierática (uma espécie de cursiva para hieróglifos) nesses rolos e

---

[120] BAGNALL, R. S. *Early Christian Books in Egypt*. Princeton: Princeton University Press, 2009.

colocados nos túmulos, mas podiam ser, ocasionalmente, também pintados ao redor do sarcófago ou até mesmo nas bandagens utilizadas para envolver a múmia, criando, assim, uma espécie de "invólucro" mágico para o falecido. Os feitiços também podiam ser talhados nos sarcófagos, o que era um grande investimento, mas que traria um resultado mais duradouro. Esta opção, entretanto, era mais comum nos sarcófagos dos reis e rainhas do Império Novo.

Aqui, mais uma vez, há uma pequena divergência de ideias entre alguns estudiosos. Alguns propõe que O Livro dos Mortos seja um novo modelo de texto religioso que se desenvolveu a partir do Segundo Período Intermediário, ao passo que outros o veem mais como uma fase do desenvolvimento natural dos textos funerários egípcios, que vinham se transformando e se adaptando às novas realidades desde os Textos das Pirâmides.

O fato é que se tratava de um objeto muito cobiçado. A morte era entendida como um momento de passagem, uma viagem para um país desconhecido que poderia ser perigosa e um manual de onde ir, a que deuses recorrer, como se comportar ou como estar preparado para lidar com quaisquer dificuldades encontradas pelo caminho era muito desejado. "Ter um Livro dos Mortos em sua tumba seria o equivalente a um aluno nos dias modernos conseguir todas as respostas das provas que precisaria passar em cada série da escola."[121], explica Joshua J. Mark[122].

---

[121] MARK, J. *Egyptian Book of the Dead*. World History Encyclopedia. Disponível em: < https://www.worldhistory.org/Egyptian_Book_of_the_Dead//>. Acesso em: 30 jan. 2022.

[122] Ibid.

O feitiço 125

O feitiço 125 é, provavelmente, o mais famoso e recorrente entre as coletâneas. Ele trata o momento em que o falecido é conduzido por Anúbis à presença de Osíris para o ritual de Pesagem do Coração do Salão da Verdade, quando o morto descobrirá se será digno da vida eterna nos Campos de Junco ou não. Diante de 42 juízes, cujos nomes o falecido deveria saber, este faz uma "confissão negativa", alegando ser inocente de uma lista de 42 "pecados" — atitudes de má conduta ou consideradas ofensivas. Assim, em vez de expor possíveis boas ações que pudessem ter feito em vida, o foco era em negar que tivessem cometido qualquer tipo de desacato ou injúria. As ofensas podiam variar de assassinato, roubo e estupro a ser surdo às palavras da verdade, mal-humorado ou temperamental e nos dão uma imagem clara de como a moralidade era tratada a partir do Novo Reino, estabelecendo que tipos de comportamentos não eram considerados aceitáveis.[123]

A confissão negativa

N[124] deve dizer:

Saudações, grande deus, Senhor da Justiça! Vim a ti, meu Senhor, para que me tragas, para que eu veja a tua formosura, porque te conheço e conheço o teu nome, e conheço os nomes dos quarenta e dois deuses dos que estão contigo nesta Sala de Justiça, que vivem daqueles que prezam o mal e que engolem seu sangue no dia do acerto de contas na presença de Wennefer. Eis o duplo filho das Cantoras; Senhor da Verdade é o seu nome. Eis que vim a ti, trouxe-te a verdade, afastei a falsidade de ti.

---

123   HILL, J. *Negative Confession (Spell 125 Book of the Dead)*. Ancient Egypt Online. Disponível em: < https://ancientegyptonline.co.uk/negativeconfession/>. Acesso em: 30 jan. 2022.

124   O nome do falecido era inserido aqui.

Eu não cometi pecados contra os homens.
Não me opus à minha família e parentes.
Eu não agi de forma fraudulenta na Sede da Verdade.
Não conheci homens que não tivessem valor.
Eu não fiz o mal.
Não fiz com que trabalho desnecessário fosse feito para mim.
Não apresentei meu nome por dignidades.
Eu não [tentei] dirigir servos.
[Eu não menosprezei deus].
Não defraudei o humilde homem de sua propriedade.
Não fiz o que os deuses abominam.
Eu não difamei um escravo para seu mestre.
Eu não infligi dor.
Eu não fiz ninguém passar fome.
Eu não fiz nenhum homem chorar.
Eu não cometi assassinato.
Eu não dei a ordem para que nenhum assassinato fosse cometido.
Não causei calamidades a homens e mulheres.
Não roubei oferendas nos templos.
Não defraudei os deuses com suas oferendas de bolo.
Eu não levei embora os bolos de fenkhu [oferecidos] aos Espíritos.
Eu não cometi fornicação.
Eu não me masturbei [nos santuários do deus da minha cidade].
Eu não diminuí o tamanho do alqueire.
Eu não roubei [terra da propriedade do meu vizinho e] adicionei ao meu próprio acre.
Eu não invadi os campos [de outros].
Eu não adicionei aos pesos da balança.
Não apertei o ponteiro da balança.

Não tirei o leite da boca das crianças.
Eu não afastei o gado de suas pastagens.
Não prendi os gansos nos currais dos deuses.
Eu não peguei peixes com iscas feitas de corpos do mesmo tipo de peixe.
Eu não parei a água quando ela deveria fluir.
Eu não interrompi canal de água corrente.
Eu não apaguei um fogo que deveria continuar queimando.
Eu não violei os tempos [de oferecer] as ofertas de carne escolhidas.
Eu não afastei o gado nas propriedades dos deuses.
Eu não abandonei o deus em suas procissões.

Eu sou puro. Eu sou puro. Eu sou puro. Eu sou puro. Minha pureza é a pureza desta grande Fênix que está em Heracleópolis, pois sou, de fato, o nariz do Senhor do Vento que fez todos os homens viverem naquele dia de completar o Olho Sagrado em Heliópolis, no 2º mês de inverno do último dia, na presença do senhor desta Terra. Eu sou aquele que viu a conclusão do Olho Sagrado em Heliópolis, e nenhum mal virá a existir contra mim nesta Terra, neste Salão de Justiça, porque eu sei os nomes desses deuses que estão nele.

Após a confissão, o coração era pesado em uma balança contra a pena de Ma'at, não podendo ultrapassar seu peso. Se este fosse mais leve que a pena, o falecido poderia seguir seu caminho à vida eterna; se não, tinha sua alma devorada ali, passando à não-existência.

Mais uma vez, acreditava-se que se o indivíduo estivesse bem preparado para aquele momento, teria maiores chances de se sair bem, tal como o aluno que estudou antes de fazer uma prova.

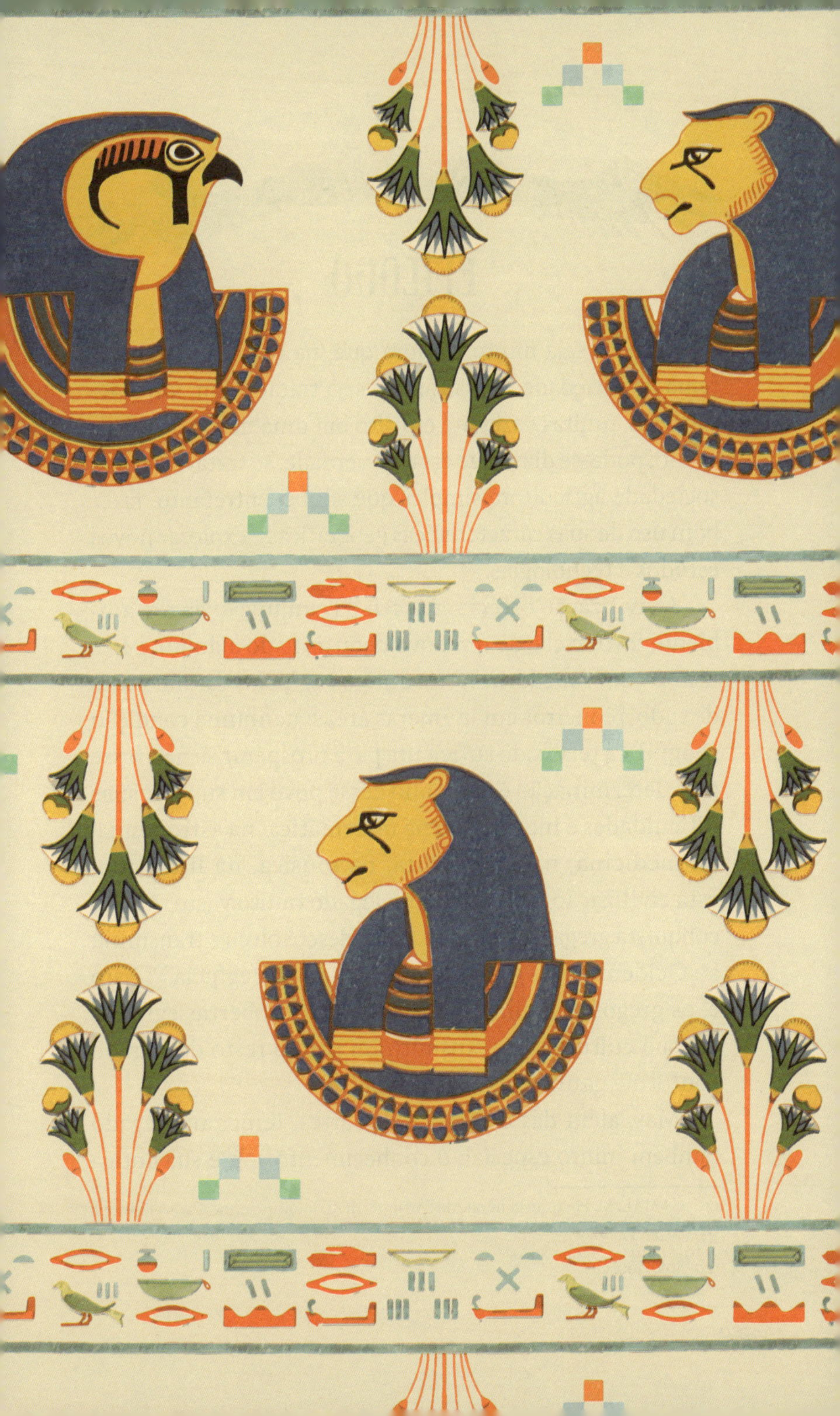

EPÍLOGO

Embora seja muito comum que, na cultura popular, o tema da sociedade egípcia antiga seja tratado com um ar de mistério, muitas vezes até envolto em uma névoa de misticismo, pode-se dizer que esta, na verdade, se tratava de uma sociedade agricultora simples que soube, entretanto, fazer bom uso de suas características geográficas e explorar novos estudos e tecnologias.

A civilização egípcia "nasceu da conjunção de um ambiente favorável e de um povo determinado a dominá-lo e usá-lo com sabedoria."[125] Os antigos egípcios foram, antes de tudo, pioneiros em inúmeras áreas: nenhuma condição geográfica teria sido suficiente para prosperar se não fosse pela determinação e empenho desse povo em superar suas dificuldades e inovar. Seja na matemática, na astronomia, na medicina, na arquitetura, na música, na literatura, esta civilização nos deixou um legado muito vasto. Após a conquista grega, "a Grécia recebeu, desenvolveu e transmitiu ao Ocidente uma grande parte da herança egípcia"[126], isto é, os gregos assimilaram muitas das descobertas egípcias em sua cultura e as transmitiram para o resto do mundo conforme ganhavam hegemonia.

Mas, além das ciências e das artes, temos um legado também muito especial: o conhecimento sobre sua antiga

---

125 GAMAL, M. Histoire générale de l'Afrique, II: Afrique ancienne. Paris : Éditions UNESCO. p. 827.

126 Ibid. loc. cit.

religião. A mitologia era a estrutura de crença que sustentava sua cultura. Ela era a origem dos pensamentos e dos valores comuns, isto é — a forma como entendiam o mundo, organizavam sua sociedade e até mesmo interagiam uns com os outros se devia a ela.

Ainda que as antigas crenças pagãs tenham desaparecido gradualmente, sendo substituídas pelas religiões monoteístas (atualmente, a maioria da população egípcia é muçulmana, com uma pequena minoria cristã ou judia), elas seguem vivas em nossas culturas e nosso imaginário.

Ainda há muitas questões a serem respondidas e, até hoje, os arqueólogos fazem descobertas importantes e vários hieróglifos seguem sendo interpretados. Com o avanço da ciência e da tecnologia, novas formas de análise e estudo se tornam disponíveis e espera-se, assim, conhecer cada vez mais sobre esta civilização tão grandiosa.

Referências

ALLEN, J. P. *The Ancient Egyptian Pyramid Texts*. Atlanta: Society of Biblical Literature, 2005.

ANCIENT EGYPT ONLINE. *Isis and the Seven Scorpions*. Disponível em: <https://ancientegyptonline.co.uk/isisscor/>. Acesso em: 23 jan. 2022.

ANCIENT EGYPT: THE MYTHOLOGY. *The Adventures of Sinuhe*. Disponível em: < http://www.egyptianmyths.net/mythsinuhe.htm>. Acesso em: 25 jan. 2022.

_____. *The Prince and the Sphinx*. Disponível em: <http://www.egyptianmyths.net/mythsphinx.htm>. Acesso em: 25 jan. 2022.

_____. *The Story of Isis and Osiris*. Disponível em: < http://www.egyptianmyths.net/mythisis.htmhttp://www.egyptianmyths.net/mythisis.htm>. Acesso em: 22 jan. 2022.

BAGNALL, R. S. *Early Christian Books in Egypt*. Princeton: Princeton University Press, 2009.

BUCK, A. T*he Egyptian Coffin Texts: Texts of Spells*. Chicago: University of Chicago Press, 1935.

BUDGE, E. A. W. *Legends of the Gods: The Egyptian Texts*. Gutenberg. Disponível em: <https://www.gutenberg.org/ebooks/9411>. Acesso em 21 jan. 2022.

_____. *The Book of the Dead*. Mus. Brit. Nº 10477, Folha 22. Londres: Kegan Paul, Trench, Trübner & Co., 1898.

CAMPBELL, D. *The Tale of Sinuhe*. World History Encyclopedia. Disponível em: < https://www.worldhistory.org/article/886/the-tale-of-sinuhe/https://www.worldhistory.org/article/886/the-tale-of-sinuhe/>. Acesso em: 25 jan. 2022.

CLIFFS NOTES. *Summary and Analysis: Egyptian Mythology Osiris*. Disponível em: < https://www.cliffsnotes.com/literature/m/mythology/summary-and-analysis-egyptian-mythology/osirishttps://www.cliffsnotes.com/literature/m/mythology/summary-and-analysis-egyptian-mythology/osiris>. Acesso em: 24 jan. 2022.

DAVID, R. Handbook to Life in Ancient Egypt Revised. Oxford: Oxford University Press, 2007.

DODSON, A. *The Great Pyramid: Gateway to Eternity*. BBC. Disponível em: < https://www.bbc.co.uk/history/ancient/egyptians/gateway_eternity_01.shtmlhttps://www.bbc.co.uk/history/ancient/egyptians/gateway_eternity_01.shtml>. Acesso em 29 jan. 2022.

EDWARDS, A. *Pharaohs Fellahs and Explorers*. New York: Harper & Brothers, 1891.

GAMAL, M. *Histoire générale de l'Afrique, II: Afrique ancienne*. Paris: Éditions UNESCO. p. 827.

HILL, J. *Negative Confession (Spell 125 Book of the Dead)*. Ancient Egypt Online. Disponível em: < https://ancientegyptonline.co.uk/negativeconfession/>. Acesso em: 30 jan. 2022.

_____. *The Opening of the Mouth*. Ancient Egypt Online. Disponível em: < https://ancientegyptonline.co.uk/openingofthemouth/>. Acesso em: 29 jan. 2022.

MACKENZIE, D. A. *Egyptian Myth and Legend*. Global Grey Ebooks. Disponível em: <https://www.globalgreyebooks.com/egyptian-myth-and-legend-ebook.html>. Acesso em: 27 jan. 2022.

MARK, J. *Ancient Egyptian Burial*. World History Encyclopedia. Disponível em: < https://www.worldhistory.org/Egyptian_Burial/>. Acesso em: 28 jan. 2022.

_____. *Ancient Egyptian Mortuary Rituals*. World History Encyclopedia. Disponível em: <https://www.worldhistory.org/article/1022/ancient-egyptian-mortuary-rituals/>. Acesso em: 28 jan. 2022.

_____. Book of the Heavenly Cow. World History Encyclopedia. Disponível em: < https://www.worldhistory.org/Book_of_the_Heavenly_Cow/https://www.worldhistory.org/Book_of_the_Heavenly_Cow/>. Acesso em: 21 jan. 2022.

_____. *Egyptian Book of the Dead*. World History Encyclopedia. Disponível em: < https://www.worldhistory.org/Egyptian_Book_of_the_Dead//>. Acesso em: 30 jan. 2022.

_____. *First Intermediate Period of Egypt*. World History Encyclopedia. Disponível em: <https://www.worldhistory.org/First_Intermediate_Period_of_Egypt/>. Acesso em: 8 dez. 2021.

_____. *The Coffin Texts*. World History Encyclopedia. Disponível em: < https://www.worldhistory.org/article/1021/the-coffin-texts/>. Acesso em: 29 jan. 2022.

_____. *The Tale of the Shipwrecked Sailor: An Egyptian Epic*. World History Encyclopedia. Disponível em: < https://www.worldhistory.org/article/180/the-tale-of-the-shipwrecked-sailor-an-egyptian-epi/>. Acesso em: 26 jan. 2022.

MASPER, G. *Popular Stories of Ancient Egypt*. Oxford: Oxford University Press, 2004.

MOWER, A. *Egyptian Didactic Tale (c. 1937-1759 B.C.) from Dialogue of a Man with His Soul*. J. Willard Marriott Library. Disponível em: < https://ethicsofsuicide.lib.utah.edu/selections/egyptian-didactic-tale/https://ethicsofsuicide.lib.utah.edu/selections/egyptian-didactic-tale/>. Acesso em: 27 jan. 2022.

MUSÉE CANADIEN DE L'HISTOIRE. *The Divine Family*. Disponível em: < https://www.historymuseum.ca/cmc/exhibitions/civil/egypt/egcr10e.htmlhttps://www.historymuseum.ca/cmc/exhibitions/civil/egypt/egcr10e.html>. Acesso em: 24 jan. 2022.

NARDO, D. *Egyptian Mythology*. New Jersey: Enslow Publishers, 2001.

NEW WORLD ENCYCLOPEDIA. *Amun*. Disponível em: <https://www.newworldencyclopedia.org/entry/Amun#Early_cult_-_Amun_as_Creator_God_and_patron_of_Thebeshttps://www.newworldencyclopedia.org/entry/Amun#Early_cult_-_Amun_as_Creator_God_and_patron_of_Thebes>. Acesso em: 20 jan. 2022.

PUMPHREY, N. B. *Names and Power the Concept of Secret Names in the Ancient Near East*. 2009. 76 f. Dissertação (Mestrado em Artes na Religião) – Universidade de Vanderbilt, Nashville.

SACRED TEXTS. The Legend of the Destruction of Mankind. Disponível em: <https://www.sacred-texts.com/egy/leg/leg05.htm>. Acesso em 21 jan. 2022.

SHAW, G. J. *The Egyptian Mythology: A Guide to the Ancient Gods and Legends*. Londres: Thames & Hudson, 2014.

SIMPSON, W. K. *The Literature of Ancient Egypt*. 3 ed. New Haven: Yale University Press, 2003.

STRUDWICK, H. *The Encyclopedia of Ancient Egypt*. Londres: Amber Books, 2016.

THE MET. *Uncovering Middle Kingdom Egypt with Adela Oppenheim*. Disponível em: <https://www.metmuseum.org/blogs/now-at-the-met/2015/ancient-egypt-transformed-catalogue-adela-oppenheimhttps://www.metmuseum.org/blogs/now-at-the-met/2015/ancient-egypt-transformed-catalogue-adela-oppenheim>. Acesso em: 8 dez. 2021.

UCL. *Gods and Goddesses in Ancient Egypt: Creation*. Disponível em: <https://www.ucl.ac.uk/museums-static/digitalegypt/religion/deitiescreation.htmlhttps://www.ucl.ac.uk/museums-static/digitalegypt/religion/deitiescreation.html>. Acesso em: 20 jan. 2022.

WEGNER, J. H. *Ancient Egyptian Creation Myths: From Watery Chaos to Cosmic Egg*. Glen Cairn Museum. Disponível em: <https://glencairnmuseum.org/newsletter/2021/7/13/ancient-egyptian-creation-myths-from-watery-chaos-to-cosmic-egg>. Acesso em: 20 jan. 2022.

INFORMAÇÕES SOBRE NOSSAS PUBLICAÇÕES E ÚLTIMOS LANÇAMENTOS

- 🌐 editorapandorga.com.
- f /editorapandorga
- 📷 @pandorgaeditora
- 🐦 @editorapandorga

PandorgA